いい湯じゃのう(一)

お庭番とくノ一

風野真知雄

PHP
文芸文庫

○本表紙デザイン＋ロゴ＝川上成夫

いい湯じゃのう㈠

お庭番とくノ一

目次

第一章　ご機嫌斜め

一

茶坊主の頭(かしら)である児島曹純(こじまそうじゅん)が、これから月の消滅を予言する教祖のように神妙な顔つきで、本丸中奥(ほんまるなかおく)の御座(ござ)の間からもどってくると、

「いかがであった?」

老中水野忠之(ろうじゅうみずのただゆき)が不安そうな顔で訊(き)いた。

水野の後ろには、やはり顔を引きつらせた老中安藤信友(あんどうのぶとも)と勘定奉行稲生正武(かんじょうぶぎょういのうまさたけ)がいる。

「いけませんぞ、あれはいけません」

曹純が首を横に振ると、

「やはり駄目か」

と、水野忠之は大きくため息をついた。

なにがいけないかというと、上さまのご機嫌がである。

上さまとは、八代将軍徳川吉宗。このところずっと、ご機嫌が麗しゅうない。

もともと沈鬱な性格ではない。傲慢でもないし、狷介でもない。逆に陽気で、開けっ広げで、豪放な性格である。下に仕える者も、丈夫な仔犬を育てるくらいに気苦労は少なかった。それがこの半月くらいのあいだに、吉宗の眉間に皺が寄ることが多くなった。この数日ときたら、皺は墨で書いたみたいに見える。

「お可哀そうに」

と、水野は言った。吉宗の機嫌が悪くなるのもわかるのである。

全身の凝りがひどい。

それも半端なくひどい。

「あまりにおつらそうなので、少しだけ肩をお揉みしましょうと手をかけましたが、とてもわたしの力では歯が立ちません。その硬さときたら、肩からツノでも生えてきているのかと思いました」

と、曹純は言った。

「ツノだと?」

「もうカッチカチですぞ。昨日あたりから腕が肩より上に持ち上がらず、こうやって両手が水平になるところまではどうにか持ち上げて、わしは石で彫られた案山子のような気分だと」

「石で彫られた案山子……上さまがそうおっしゃったのか。おいたわしや……」

水野は泣きそうな顔になった。

吉宗は、すでに四十五歳になった。

筋骨隆々で、鷹狩りが大好きだった吉宗も、いまや中年肥りが目立つようになり、なまじ筋肉が発達しているだけに、近年、凝りがひどいらしい。

「なんとかして差し上げないとな、安藤どの。いまこそわれらの知恵の絞りどころ」

「それはそうなのじゃが」

安藤は切なそうにうなずき、

「せめて、あの天女の指先があればのう……」

と、悔しそうに言った。

天女の指先——とは、半年ほど前に亡くなった二代目の板鼻検校の揉み治療の技を讃えて、吉宗が評した言葉である。とにかく、この人に揉まれたら、どんなに凝っていても、うっとりと春の縁側で昼寝をするみたいに幸せな気分になれるのだという。

初代の板鼻検校は、吉宗がまだ紀州藩主であったころから吉宗の身体を揉んでいた盲人で、この人は吉宗が将軍になると予言したことでも知られた。初代は五年ほど前に亡くなったが、その数年前に二代目を育て、自らの持てる技をすべて伝授していた。

「初代もうまかったが、二代目はその上を行っていた」

と、これも吉宗の言葉。

だいたい吉宗の身体のツボは、ふつうの身体とはずいぶん違っているらしい。

たとえば、疲労回復に効果がある三里のツボ。ふつうは膝小僧の下で外側にあるが、吉宗の三里はなぜかくるぶしの少し上にあるのだという。

また、痛みに効くので知られる合谷のツボ。これはふつう、手の甲の親指と人差し指のあいだあたりにあるが、吉宗のそれは手のひらの側の薬指の下のほうにあった。

「そんな馬鹿な。それはあり得ません」

と、盆と正月を取り違えたみたいに異議を唱える鍼師もいたが、吉宗自身が、

「いや、二代目の申すとおりだ」

と認めたのだから、どうしようもない。

初代さえ摑みきれていなかった、この風変わりなツボを、二代目板鼻検校は完全に把握し、そこへ神技ともいえる揉みをほどこすのである。あまりの気持ちよさに、天下の征夷大将軍が足の指先を仔猫の心臓のようにぴくぴくさせて悶絶するほどだった。

ただ、初代の板鼻検校が、

「おなごより、湯や揉み治療のほうが良く思えてきたら、身体にはことさら気をつけるべきですぞ」

と、しばしば語っていたように、吉宗にもそうした傾向が現われていた。

「恋情でもともなうなら別だが、おなごから得られる快感は一瞬のことだし、

あれが身体にいいとは思われぬ。それに比べて湯の心地良さは、長くつづくし、明らかに身体にもよい」

これは、小姓の一人に吉宗がそっと洩らした言葉である。

そこへ、二代目の急死である。日本橋の料亭で喧嘩に巻き込まれるという、思いもよらぬ死に方だった。まだ三十二の若さだったから、三代目を育てることはもちろん、独自の技や、吉宗の身体の特徴も、誰かに伝えることはできなかった。

この二代目板鼻検校の死に加え、ここ半月ほど、ますます吉宗を苛立たせる変事が起きていたのである。

二

じつは、もう一つ、吉宗の凝りを治す特効薬があった。それが、

「熱海の湯」

であった。

熱海の湯は、別府の湯と並んで、奈良時代から知られた日本を代表する温泉である。この熱海の湯を慶長九年（一六〇四）の春、徳川家康が訪れた。

家康は湯治の一区切りとされる七日間、熱海の湯に浸かり、その効果にも大いに満足した。じっさい、関ヶ原の合戦などで功績のあった大名吉川広家の病気見舞いに、京都までわざわざ熱海の湯を運ばせたほどである。

神君家康が浸かった温泉だから、その後も代々の将軍たちから熱海の湯は重用されてきた。だが、なんといっても徳川吉宗ほど熱海の湯を愛した将軍はいない。

吉宗は、そもそもが湯と縁が深い。母の於由利の方は和歌山城の湯殿だったか、あるいはどこかの湯治場だったかで湯の支度をしていて、そこで吉宗の父光貞の御手がついたのだという。桃から産まれた桃太郎ならぬ、お湯から産まれた徳川吉宗――と言ったら言い過ぎか。

長じては紀州の山奥にある龍神温泉にしばしば逗留し、そして将軍となって熱海の湯に出合った。享保十一年（一七二六）の冬のことである。

「これは、いい湯じゃのう」

と、大いにお気に召した吉宗は、十月九日から十一月二十八日のふた月近くにわたって、毎日、熱海の湯を運ばせた。以来、ずっと定期的に熱海の湯は届けられている。

江戸城へ届けられる熱海の湯は、

「お汲湯」

と呼ばれ、四代将軍家綱のころからあった。だが、吉宗の代になって、お汲湯の頻度はいっきに増えたのである。

熱海の源泉は、煮えたぎるほどの熱湯である。これを桶に入れ、大勢の男衆が担いで走った。海沿いの険しい熱海街道を小田原まで出て、そこからは東海道。およそ二十八里（約百十キロメートル）を、桶を下ろすことなく駈けたというから容易なことではない。

夏場などは、江戸城に着くころ、ちょうどいい湯加減になり、桶の木の香りも加わって、

「いい湯じゃのう」

と、吉宗も思わず唸るほどだった。

ところが、どうしたことか、この熱海の湯がもう十日も届いていないのである。

「こうしてはおられぬ」

と、水野忠之は言った。

いくら吉宗の機嫌が悪くても、取り巻きの老中たちが顔を見せないというわけにはいかない。

「まずは、上さまの愚痴を聞いて差し上げよう」

と、老中水野忠之、同じく安藤信友、勘定奉行稲生正武の三人が、雁首をそろえて御座の間へと伺候することにした。

この三人、吉宗のお気に入りである。それぞれ個性も豊かだった。

水野忠之は、今年六十になった。〈ほめ殺しの水野〉と呼ばれるくらい、相手をよく褒める。

決してお世辞を言うのではない。もともとお人好しで、相手を褒めるのも本気である。また、相手のいいところしか目に入らない。だからこそ、性質が悪いので、水野は褒め過ぎることで、前途有為な若者をずいぶん駄目にしてきた。水野が褒めた若者は、皆、うぬぼればかりが強くなり、努力も研鑽も忘れて、後から来た努力家たちに次々に追い越されていった。

水野はまだその失敗に気がついていないが、もし知ったときはどれほど落胆するか、周囲の人間はヒヤヒヤものであった。

やはり老中で、水野の二歳年下である安藤信友は、〈おとぼけ安藤〉の綽名がある。

なにを言われても、怒ることはない。馬耳東風、暖簾に腕押し、蛙の面になんとか。ただし、鈍いのではなく、これが安藤の処世術なのである。どんなにつらいことも、とぼけることで逃げられる。とぼけ尽くして、人生を無事のまま終えたい――それが、揺らぐことなき人生訓の第一条なのである。

だから、まれに吉宗が怒っているときなどは、この安藤が矢面に立たされる。すると、吉宗のほうも怒っているのが馬鹿馬鹿しくなるらしく、

「もう、よい。怒るのも疲れる」

と、なるのだった。

勘定奉行の稲生正武は、二人の老中よりだいぶ若く、吉宗と同じ四十半ばだが、しわい、細かい、心配性と、三拍子そろった小心者である。吉宗も贅沢嫌いで知られるが、稲生の倹約ぶりときたら、吉宗が派手好みに見えるほどなのだ。なにせ、稲生さまが座っているだけで、財政は半分で済むとも言われていた。

三人はそろって、本丸表から中奥へと入り、吉宗のいる御座の間の前まで来て、腰をかがめた。

御座の間といっても、控えの間などいくつかの部屋が集まった一画を指している。本丸表の部屋との違いは、ひたすらいかめしく重厚な造りではなく、憩いの雰囲気が濃くなっていることだろう。例えば、表の部屋の襖絵は、樹齢数千年もありそうな松の木と、いま人を食ったばかりというほど凶暴そうな虎が描かれているのがほとんどだが、中奥の御座の間となると、春の野山だの初夏の竹林だの、いかにも心なごむ光景になっている。生きものが描かれてあっても、ウサギやリスといった虎のおやつのような、愛らしい小動物が多い。

そんな控えの間に入り、かがんだ姿勢のまま、一つ部屋を横切り、それで吉宗のいるあたりが見えるところまで来て、三人は這いつくばった。

吉宗を見るのが怖い。

吉宗は機嫌の悪いときは、ほぼ次のような態度を取る。黙って詰め将棋をしている。黙って犬を抱いている。ただ、ひたすら黙っている。あとになるほど、不機嫌の度合いは強いのである。

「上さま……」

水野忠之が声をかけ、三人はそおっと顔を上げて吉宗を見た。

吉宗の前に将棋盤はなく、犬も抱いておらず、ただ、じいっと前を見ていた。

——うわあ……。

三

吉宗は石のような沈黙。

このまま、「お邪魔しました」と帰りたい。しかし、そうはいかない。

「凝りがひどくておつらいのでございましょう」

と、おとぼけ安藤が声をかけた。

「む」

吉宗は沈鬱な顔でうなずいた。

「お揉みいたしましょう、上さま」

と、ほめ殺しの水野が歩み寄ろうとしたが、

「よい、よい。そなたに揉まれたりしたら、もっとひどくなるわ」

「御意。ですが、大奥には、揉むのがうまいおなごはおらぬのでございますか?」

「おなごの手では、わしの凝りには歯が立たぬ」

「たしかにそうでございましょうな」

水野もそれ以上、言えることはない。

「わしもいかんのだ」

吉宗はそう言った。

「なにがいけないのです?」

「朝、起きるとすぐ、あ、今日も肩や背中や腰が凝っている、と気持ちがそこへ行ってしまう。すると、ずうーっと凝りのことが頭から離れぬ」

「それは仕方ございませぬよ、上さま。わたしのような馬鹿なら、三歩あるけば、どんな悩みも忘れます。だが、賢明な上さまは、いつも民のことをお忘れにならないように、お身体のこともお忘れにならない。これは、賢い方がなる、賢明病と言うべきものでございましょう」

と、水野は一生懸命なぐさめた。

「いや、そうではない。凝りがひどいから、気持ちが晴れぬ。気持ちが晴れぬと、凝りがひどくなる。悪い輪廻のようなものだ」

「で、では、上さま。こう、いたしましょうか？」

ケチの稲生が、切腹前のような決然とした顔で言った。

「どういたす？」

「ぱあっとやるのでございますよ。気晴らしを、大金使って」

「例えば？」

「明暦の大火以来なくなってしまった天守閣を、建て直しますか？　しかも、黄金を使って」

「黄金の天守閣？」

「京都の金閣寺が恥ずかしくなって縮こまるくらいの、ぎらぎらの、光が滴るような天守閣でございます」

「ほう」

吉宗の目が光った。

「あ、あるいは、外海にぱあーっと鯨釣りにでも行きましょうか?」

と、勘定奉行稲生はつづけた。

「鯨釣り?」

「はい。巨大な釣り船を建造し、上さまが舳先に立って、怒濤の海に釣り糸を垂らし、鯨がかかったら、それをぐぅーっと釣り上げるのでございます」

「黄金の天守閣に、鯨釣りか。どちらも金がかかるぞ」

「はい。この際、上さまのためなら、ぱぁーっと」

稲生は脂汗を流しながら言った。

「無理するな、稲生」

「いや、か、金は使うべきときに……」

「それはどちらも初夢みたいな話だ。それより、ケチの稲生がよくぞそこまで申してくれたわ。礼を言うぞ」

吉宗はようやく微笑んだ。

「いや、礼だなどと。勿体ない」

稲生は恐縮したが、水野と安藤は吉宗の笑みにホッとした。なにせ吉宗は暴君ではないが、身体の大きさやこれまでの治政の成功によって、えも言われぬ威厳があるのだ。

「それより、熱海の湯だ。もう十日も来ておらぬ。いったいどうしたのだ?」

「それでございます、上さま。わたくしめも、熱海の湯が来なくなり、二日三日ほどは、大雨かなにかで街道に不都合でも起きたかと考えました。なにせあの熱海街道というのは、崖道みたいなところが多くありますので」

と、水野が答えた。

「うむ」

「ところが、道中奉行のほうにはそんな話は入って来ておらぬと。それではと五日目には、お汲湯御用をあい務めております島田次右衛門と、時枝清左衛門の二人を熱海に向かわせました」

「なるほど」

「その二人が昨夜遅くにもどって参りました。すると、どうも熱海の湯がおかしなことになっているようでございまして」

「おかしなことだと？」

「はい。熱海の湯を管理しておるのは、湯戸と呼ばれる二十七軒の家の者ですが、その湯戸の者どもが申すには、熱海の湯が突如、穢れてしまったので、とても上さまにお届けするわけにはいかないとのことでございます」

「熱海の湯が穢れた？」

吉宗は眉をひそめた。

「湯戸の者どもがそう申すのだと」

「どういう意味だ？」

「それがなにやら口ごもって、はっきりとは言わないそうなのでございます」

じつは、水野もそこは、もどって来たお汲湯御用の二人にしつこく訊いたのである。だが、湯戸の者どもはなにかはばかられるところがあるらしく、口ごもるばかりらしい。

「二人は、自身で確かめはしなかったのか？」

と、吉宗は訊いた。

「確かめもしたそうです。ただ、なにせ熱海の湯は熱湯でございますから」

「それに入ったわけではあるまい？」

「それはそうでございます。入れるくらいにぬるくした湯に入ったり、見た目を確かめたりもしたと申しておりました。だが、あの二人にはよくわからなかったと……。多少、ふだんより濁っている気はしたそうですが」

「熱海の湯は無色透明だがな」

「はい。その濁りも、よくよく見ると、かすかに濁っているかなと思うくらいだそうでして」

「飲んではみなかったのか？」

「飲んだそうです。いくらか塩辛かったと」

「ふだんでもそうじゃ」

「腹一杯は飲めそうもないと」

「温泉の湯を、腹一杯飲む馬鹿がおるか」

「結局、いろいろ試しても、御用の二人にはわからなかったとのことですが、熱海の湯をよく知る者たちはやはり違うと。とてもではないが、こんなものを上さまにお届けすることはできないと、悔しそうに泣きじゃくる者もいたそうでございます」

「さようか」

「それで、湯戸の者たちはもしも穢れがなくなれば、ふたたびお届けしてもよいのか、それとも一度穢れてしまった湯は、もう上さまにはお届けできないのかと、連日、話し合いをつづけているそうにございます」

「それでは埒（らち）があかぬな。わかった」

　吉宗はそう言って立ち上がり、御座の間の横にある中庭の前に行き、誰もいないのに声をかけた。

「川村一甚斎（かわむらいちじんさい）はおるか？」

　すると、

「は。ここに」

　誰もいないはずの庭から返事が聞こえた。

四

水野、安藤、稲生の三人も、中庭に目をやった。

百坪ほどの、枯山水とまでは言わないが、石と敷き砂が中心で、周囲を木立や植え込みが囲んでいるといった趣きである。

いまは享保十三年（一七二八）の初夏。このあいだまで、つつじの植え込みが薄紅色に染まっていたが、すっかり緑一色にもどっている。

そのつつじの植え込みのなかから、すうっと立ち上がった男がいた。齢七十ほどか、白髪でひどく痩せているが、全身から鋭い気のようなものが発散されている。

「お庭番だ……」

と、おとぼけ安藤がつぶやくと、

「ご老体。見事な隠れっぷり！」

ほめ殺しの水野が、声をかけた。

稲生はただ驚いたように目を瞠っている。

それまで幕府の隠密といえば、もっぱら伊賀者と甲賀者が重用されたが、吉宗は紀州から連れて来たこの忍びの者たちを「お庭番」と呼んで、直属の隠密とした。だから、当然だが箒も塵取りも手にしていない。

お庭番は将軍直属だから、老中といえどもこの者たちを使うことはできない。それどころか、水野たちがここまではっきり顔と姿を見るのも初めてのことであった。

「お庭番の頭領、川村一甚斎だ」

吉宗が、水野たちを見て言った。

「は。拙者は老中……」

水野が名乗ろうとすると、一甚斎は押しとどめるように手を出し、

「存じ上げております。ほめ殺しの水野さま、おとぼけ安藤さま、おケチの稲生さま」

なんと綽名まで知っているではないか。さすがにケチの稲生とは言いにくかったらしく、おケチと配慮のある言い方をした。

「挨拶よりも上さまのお身体が大事。熱海の湯になにか異変があったようにございますな」

「さよう。いまの話、聞いておったか」

と、吉宗はうなずいた。

「は。一部始終を」

「どうじゃ、お庭番のほうで調べることはできるか？」

「むろんにございます。それにはぴったりの男がおります」

一甚斎は、微妙に困った顔をして言った。

「ぴったりの男とな？」

吉宗が怪訝そうに一甚斎を見た。

「全国の温泉は、山奥の秘湯まですべて入ったことがあるばかりか、その泉質から効能まで、すべて知り尽くしたと豪語しております」

「それは、まさか、湯煙り権蔵ではないよな？」

吉宗が訊いた。

「ご存じでございましたか？」

「ああ。懐かしいのう。湯煙り権蔵。湯煙り仙人……」

「湯煙り仙人？」

「昔は妙なのがいろいろいたのさ。湯煙り権蔵は、龍神温泉でも有名だったぞ。あの地の湯女（ゆな）にも評判だった」

「では、よからぬ噂もお聞き及びでございましょう？」

「まあな」

「やめましょうか？」

「いや。面白い。すぐ熱海にやれるのか？」

「すぐには無理でございます。いま、会津（あいづ）におりますので」

「会津に？　なにをしに？」

会津の松平（まつだいら）肥後守（ひごのかみ）は徳川の一門である。むしろ御三家（ごさんけ）よりも信頼できる藩と言ってもよく、吉宗としたらなぜ会津になど潜入していると言いたい。会津を探れなどという命（めい）も下した覚えはない。

「じつは、仙台の帰りにぜひ、立ち寄らせて欲しいと申しまして」

「東山（ひがしやま）か？」

「ご明察」

会津東山（天寧寺）温泉のことである。

東北屈指の名湯とも言われ、谷間の川沿いにある何軒かの湯宿に、無色透明だが素晴らしくいい湯が湧くのだ。

「わしも肥後守からいい湯だと話は聞いておる。暢気なものじゃのう」

「申し訳ありませぬ。すぐに呼び戻します」

とは言ったが、一甚斎には不安がある。

いま、腕のいいお庭番のほとんどは、九州の雄藩へ潜入している。それくらい九州の大名たちは怪しいのだ。

なのにそこにはおらず、いまどき会津で暢気に温泉に浸かっているということは、腕のほども知れようというものである。だが、腕が良くないのかというと、そうとも言い切れない。

妙な忍びの技を持っている。紀州忍びのなかでも、あんな技を持つ者はほかにはいない。物に例えるなら、珍品としか言いようがない。例えば、千利休作の尿瓶。あるいは正宗が作った竹光。類い稀なる珍品なのだ。

そこで一甚斎は考えた。

――やはりあやつ一人では、不安だ。腕のいいくノ一をつけるか……。

川村一甚斎が中庭からいずこにか消えたのを見送ると、三人は改めて吉宗に顔を向け、

「上さま。じつは、我々はほかにも手を打っております」

と、水野がいささか自慢げに言った。

「ほかの手とな?」

「ははっ。熱海の湯がどうなるかわからなかったゆえ、万が一に備え、草津と箱根の湯にも献上湯はできぬかと問い合わせております」

「なるほど」

「草津と箱根の湯にお入りになったことは?」

「むろん、ある。どちらもいい湯であった。草津の湯は運んできたものだったが、箱根の湯は国許への参勤交代のときなどにも入っていたしな」

「そうでございましたな」

吉宗がお汲湯を選ぶ際は、草津と箱根の湯も検討したのである。結局、湯の温度が高く、江戸までの道のりもほかよりいいということもあって、熱海の湯に決まったのだった。

「その返事は？」

「たったいま、来たようにございます」

じつは、先ほど廊下の向こうに、水野家の家来が控えたのが見えていたのである。

「草津と箱根の返事はいかがであった？」

水野が訊いた。

「草津からの報告ですが、どうも湯の質がここ十日ほどで変わったようだと。なぜか、湯あたりする者が多くなったのだとか。もともと草津の湯は、匂いもきつく、好む者にとってはたまらなくいい湯だが、長逗留は苦手という者もいたそうでございます。その苦手とする者が急増しているらしく、上さまへの献上もご遠慮したいと」

と、水野の家来は恐縮しながら答えた。

「仕方がないな。なあに、わしはいまの上さまの凝りには、草津の癖のある湯よりも、箱根のほうがしっくりくるだろうと思っていたのだ」

「その箱根の湯ですが、この十日ほど猿の大群が湯に浸かっており、追い払うのに苦労しているそうにございます。それで、猿どもめが浸かった湯を上さまに献上するのはご遠慮申し上げたいと」

水野の家来は、年貢を三年分溜めた百姓のように、額を廊下に押しつけながら答えた。

「なんと、猿が……」

水野の顔が、直接猿に頬を舐められたかのように、屈辱で赤く染まった。

このやりとりを聞いていた吉宗は、拳を握り、大きく一つ息を吐き、天を仰いで、真摯な声で言った。

「温泉が次々に不祥事に見舞われる。これぞ、なにかの徴。もしや、天がわしの治政に怒っておいでなのか……」

第二章　天一坊

一

徳川吉宗が、各地の温泉で起きている異変を、自らの失政のせいではないかと不安に思いはじめたころ――。

江戸は京橋南新両替町、人々が銀座と呼びならわすあたりの一丁目の湯屋〈しらうお湯〉で、一人の若い男がなにやら奇妙な治療をほどこしているところだった。

「上州屋さんは肥り過ぎなのですよ」

若い男は、前に座った五十前後に見える男の巨大な腹を、しぼるように揉んでから言った。

「それは重々、承知しているのだが」

「ごちそうばかり食べ、こんなに身体に肉をつけていたら、胸も痛くなりましょう。この肉の付き具合は人ではない。牛の範疇です。尻尾でハエを追いながら、よだれを垂らして、もぉーっと鳴く、あの牛」

若い男はいささか意地悪な言い方をした。

「牛かい、あたしは」

「しかも、心ノ臓が弱ってきています」

「心ノ臓が弱った牛……」

「さ、最後にこの水をもう一口飲んで」

と、若い男は竹筒を指差し、

「これは丹沢の湧き水を運ばせたものです。いつもは水道の水を飲んでますよね？」

「そうさ。まさか水道の水を飲むなと？」

江戸の町には、神田上水や玉川上水から水道が引かれている。井戸から水を汲んでいるように見えても、それは掘抜き井戸ではなく、水道の水を溜めているだけというところも多いのである。

「元はきれいな水でも、流れて来る途中で、雨水も入れば汚水も混じります。酔っ払いが小便をすれば、馬鹿者が痰を吐いたりもします。水は、山の麓から湧き出た純なものを飲んだほうがいいのです。とくに、上州屋さんのように身体が弱った人は」

「なるほど」

「わたしの仲間が、毎日、運んで来るのですが、よかったら、樽でお分けしましょうか。一樽で一両二分（約十二万円）ほどになりますが」

「水が一両二分かい」

上州屋が驚くのも無理はない。一樽一両二分というのは、酒の値段とほぼいっしょなのだ。

「無理にとは申しません。だが、酒は間違いなく一口飲むごとに上州屋さんの命を削りますが、丹沢の水は病を洗い流していくでしょうね」

「そう言われたらねえ」

上州屋は、水の購入を了承した。

じっさい、上州屋はさっきから、少し体調がよくなった気がしているのである。

「医者より病が治る」

という評判を聞き、芝の増上寺近くに宿を取っている天一坊なる山伏に連絡を取った。すると、昼の八つ（午後二時）に銀座一丁目のしらうお湯でお待ちしているとのことだった。

やって来るとまず、湯に入れと勧められた。ただし、首まで浸からず胸のところまでと。汗が出て来ると、竹筒に入った水を飲まされた。

たっぷり汗をかいたあと、腕や首、肩や背中などを曲げたり、伸ばしたり、天一坊が背中から抱えるようにしてやってくれた。そして、仕上げにはとくに肉がだぶついたあたりを、牛の乳でも搾り出すみたいに、揉みほぐしたのだった。

天一坊のほうも汗びっしょり。いかに本気で治療してくれたかは、それでもわかる。

「どうです？」

天一坊は訊いた。

「うん。息をするのが楽になった気がする」

「そうでしょうね。だが、油断したらすぐ、悪くなります。下手したら、次の正月は位牌の姿で迎えるところでしたよ」

「そんなに悪かったのかい？」

「ええ。今日から三日おきに、十回ほど診させてください。湯屋は移るかもしれませんが、そのときは連絡します。それと、治療費は水代とは別に、最初に十両（約八十万円）いただきます」

「ああ、向こうの手代から受け取っておくれ」

治療費が高いとは聞いていたので、文句は言わない。上州屋のあるじは、身体の肉をたぷたぷさせながら、洗い場から脱衣場のほうへ出て行った。

「天一坊さま。次は、腰の痛みがひどいという例の長唄の師匠ですが」

天一坊のわきにいて、さっきから治療を手伝ったりしていた男が告げた。

「長唄の師匠ってまさか」

「ほら、あの艶っぽい鶴代姐さん」

「駄目だよ。まだ明るいだろうが」

「暮れ六つ（午後六時）以降って言っても聞かないんですよ」

「そんな」

天一坊が慌てたのを見すかしたように、

「ああ、若先生」

素っ頓狂な声で脱衣場のほうからやってきたのは、年増盛りで、湯帷子一枚をまとっただけのいい女。しかも、嫣然と笑みを浮かべ……。

「ど、どうしてこんな明るいときに、そんな姿で」

天一坊は目をそらせながら言った。

「だって、若先生」

「若先生って誰ですか？　わたしはただの山伏に過ぎませんよ」

「でも、お医者さまでしょ？」

「わたしの治療は湯の神さまの布教の一環としてやっているだけで、医者が本職ではありません」

天一坊はきっぱりと言った。

「堅いこと言わないで」

「別に堅いことなんか言ってません。それより、あなたはこんな明るいときには来ないでください」

「ここじゃなく、うちに直接来てくださるなら、暗くなってからでもかまわないわよ」

「なにを言ってるんですか」

「そんなことより腰が痛くて、あ、痛たたた」

鶴代姐さんは、顔をしかめ、腰をひねった。

その拍子(ひょうし)に、着ていた湯帷子がまくれ上がる。

「うわっ」

「ここよ、ここ」

鶴代姐さんが指差しているのは、腰というより尻のほうに近い。

「痛いなら治療はしますが、湯帷子じゃなく襦袢(じゅばん)でも着てもらえませんか？」

「やあね。襦袢着て湯に入る馬鹿はいないわよ」

鶴代姐さんは、猫がくしゃみをするときのような、おどけた顔をして言った。

湯帷子とは、後の浴衣(ゆかた)の原型になったと言われるもので、湯上りに汗などを取るためにまとう薄い麻の着物である。

鶴代姐さんは一度、ざぶんと湯に浸かり、それからすぐにこの湯帷子を着たらしく、生地はぴったり肌にくっついている。丈は膝上と短くできているので、素裸よりも色っぽいのなんのって……。

まるで動く春本みたいなこの色仕掛けは、若い天一坊には、やはり刺激が強すぎるだろう。だから、明るいうちには来ないようにと伝えていたのだが。

どうしたものかと天一坊がためらったとき、

「では、わたしが天一坊さまの指示に従って、そなたに治療をほどこしましょう」

と、わきにいた男が言った。

「誰よ、あんた？」

鶴代姐さんは嫌な顔をした。

「わたしは天一坊さまの一番弟子で、山内伊賀亮と申す者」

と、男が名乗った。

「あんたじゃ嫌」

鶴代姐さんは、山内伊賀亮を見て言った。

伊賀亮は、涼やかな美男である天一坊とは正反対の、こちらに突撃してきたみたいに大きな顔をした、強面の巨漢である。

「なぜ嫌なのです？」

「だって、あなたじゃ、あたしの病は治らないに決まっているから」

鶴代姐さんのわがままに、

「山内が嫌なら、帰っていただきますよ」

天一坊はぴしゃりと言った。

「冗談でしょ？」

「わたしは冗談と言い訳と嘘と、お世辞と悪口と他人を傷つけることは言いません」

だとしたら、ふつうの人間はしゃべることが無くなってしまう。

「しょうがないわね」

鶴代姐さんも観念した。

「まず、右足をこう伸ばしたら、足首を取って、後ろへぎゅうっと持ち上げるようにするのだ」

先に天一坊が伊賀亮に施術をし、伊賀亮がそれをそっくり真似て、

「こうですね」

と、鶴代姐さんにほどこす。傍から見ると、おかしな光景である。

「あらあら、いい気持ち。天一坊先生にしてもらったら、天にも昇る気持ちでしょうけど」

鶴代姐さんも文句は言いつつ、治療のほうはツボを外さないので、心地よさを堪能している。

「あ、いいわ。ほんとにいいわ」

ひとしきり、誤解されそうなくらい色っぽい声を上げつづけた。

二

こうして一通りの治療を終えると、

「鶴代姐さんは、ふだん、座りっぱなしでいることが多いでしょう?」

と、天一坊は訊いた。

「そりゃあ、長唄の師匠をしてますのでね」

「お弟子さん一人を教えたら、かならず立ち上がって足踏みを百回してください」

「百回も」

「それから、なんというか、お股を……」

「うふっ、お股を？」

「八の字に広げて座り、上半身を前に倒す動きを二十回。これで腰痛はだいぶ軽くなるはずです」

「助かったわ。で、治療代はいかほど？」

「それは十文（約二百円）でも二十文でも、湯の神さまへのお賽銭程度でけっこうですよ」

と、天一坊は言った。前の上州屋とはずいぶん違う代金ではないか。どうやら、金持ちからはしっかりいただき、貧しい民には施しをというのが、天一坊の方針らしい。

「まあ、なんて素晴らしい。ところで、湯の神さまって、どういう神さまなんです？」

鶴代姐さんの問いに天一坊は、

「よくぞ訊いてくれました」

と、ばかりに大きくうなずいて、

「湯の神というのは、火の神と水の神のあいだに生まれた、わが国にとってはきわめて大事な神さまでおわします」

「火と水の子？　ジュウって消えちゃわない？」

鶴代姐さんはおどけて言った。

だが、天一坊は相手にせず、

「この湯の神は、各地に噴き出す温泉はもとより、こうした江戸の湯屋、あるいは家の竈（かまど）や火鉢（ひばち）で沸く湯までもつかさどる、大変な力を持った神さまです」

「そうなの」

「そもそも人は、生まれるとすぐ産湯（うぶゆ）に浸かりますよね」

「ええ」

「亡くなったときは、江戸の長屋などでは怠(おこた)りがちですが、本来、湯灌(ゆかん)で身を清めて、あの世へと送り出すものです」

「そうよ。うちのおとっつぁんにも、そうしてあげたわよ」

「人の生と死に、湯というものが必要になる。それくらい大事なものだというのは、これでおわかりでしょう」

「ほんとだ」

「わたしの治療が効果を発揮するのも、湯の力をお借りしているからです。湯によって身体が温まれば血のめぐりがよくなります。それによって、身体にも湯の力が行き渡り、病(や)んでいたところを癒(いや)し、疲労を取り除くのです」

「そういうわけだったのね」

「ところが、近年、湯の神への感謝の念が薄れています。わが国においては、火の神や水の神より、湯の神を第一に拝(おが)まなければならないのに、湯の神はほとんど忘れられつつある」

「そうよね。湯の神さまなんて、どこで拝んだらいいのかもわからないもの」

「そうでしょう。ですからわたしは、この江戸の近郊に湯の神を祀(まつ)る大社(たいしゃ)を建造すべきだと言っているのです」

「そうだったのね」

　鶴代姐さんは深々とうなずいた。

　すると、湯に入っていた客たちや、この湯屋のあるじまでもが、いつの間にか天一坊の周囲に集まり、話に耳を傾けていた。

　天一坊の話は説得力がある。

　メリハリが利き、口舌がはっきりしている。話は急がず、噛んで含めるようにゆっくり話す。しかも声がまた、明るい低音と言うか、女たちが、

「下腹に響くの」

　と、噂するくらいなのである。

　この調子で、湯の神について語られたら、誰でもそういうものかと思ってしまう。

「できるだけ協力しますよ、天一坊さま。江戸の湯屋のあるじたちなら、間違いなくその湯の神大社を建造するのに賛成するでしょうし、献金も惜しまないでしょう」

と、このしらうお湯のあるじが、感激した口振りで言った。

「ありがとうございます。建造のめどが立ったなら、そうした献金をお願いすることもあるでしょう。だが、いまは要りません。金だけ集めていなくなるという詐欺師と思われても困るのでね」

天一坊がそう言うと、

「誰もそんなことは思いませんよ。山内さんが言い出したならともかく」

鶴代姐さんは、山内伊賀亮をちらりと見てから言った。どうやら、伊賀亮は恋路を邪魔する野暮な悪党ということになったらしい。

「ま、わたしに後ろめたい気持ちは、毛ほどもありませんから、なんと思われようが平気です。それよりわたしが不満なのはお上の対応なのです」

「お上？」

湯屋のあるじ以下、皆はぎょっとした顔をした。幕府の批判はご法度である。町方に聞かれでもしたら、手が後ろに回らないとも限らない。

「いまや江戸の町人たちも、箱根や草津などに湯治に出かけるほどになっています。それなのに、街道や宿屋の整備は遅れており、庶民の湯治を妨げようとしているかに思えます」

「……」

「しかも、江戸の湯屋というのは、大変な商売で、水汲みから薪の確保、さらに湯舟の掃除も楽ではなく、朝から夜まで休む暇もない。あまりにきついので、辛抱強い越後の人でないとやれないとまで言われています。こうした事情を把握するためにも、湯奉行所、そして湯奉行というものが必要なのではありませんか？」

天一坊の言葉に、聴き手は皆、大きくうなずいたのだった。

三

天一坊が、山内伊賀亮とさらに二人の弟子とともに芝の宿に帰ったときは、夜四つ（午後十時）近くになっていた。

今日は治療を望む人が二十人近くになり、山内伊賀亮が断わろうというのを、天一坊は最後の一人まで治療してやった。それから四人で終い湯に浸かり、夕食の夜鳴きそばを食べたりしたので、どうしてもこの刻限になってしまった。

「お疲れさまでした」

天一坊たちを四人の弟子たちが迎えた。

いま天一坊には大勢の弟子がいる。ここにいるのは七人だが、ここに来ていない弟子があと数十人ほどいる。天一坊は弟子にしたつもりだが、山内伊賀亮たちは家来になったつもりらしい。いずれも天一坊の不思議な人徳に触れ、押しかけ家来になった。元下級武士もいれば、駕籠(かご)かきや山伏など多種多彩。それに家来といっても、禄米(ろくまい)をもらうわけではない。

「お揉みしましょう」

家来の一人である上野銀内(うえのぎんない)が言った。

「すまんね。やってもらうか」

天一坊は素直にうつ伏せになった。さすがに二十人の治療をすると、自分もへとへとになる。肩や腰もこちこちに凝っている。

「ああ、いい気持ちだ」

上野銀内の指が天一坊の背中を押すたび、心地(ここち)よさにため息が出る。

「ここはどうです、ここは?」

銀内は左右の尻の上を押した。

「ああっ、あっ」

天一坊はうつ伏せのままのけぞって悶えた。

「よく利きますでしょう」

「凄いな。銀内の揉み治療はたいしたものだ」

「なにしろ天一坊さまの直伝ですから」

銀内は山伏上がりである。伊豆山中の滝で修行をしているとき、たまたまいっしょになった天一坊の気品と話に魅せられ、すぐに弟子になった。揉み治療のコツも、天一坊から教わった。ところが天賦の才があったらしく、腕はめきめき上達し、いまや天一坊を上回るほどになった。

近ごろは、天一坊とは別に、一人で江戸の町で揉み治療をおこなっている。

「今日はなにか変わったことはなかったか?」

天一坊はうつ伏せになったまま訊いた。

「じつはちょっと」

弟子の一人が言った。この弟子は、水運びで丹沢と江戸を荷車で往復している。

「どうした?」

「ここが町方に見張られているようです」

「ここが町方に?」

天一坊は顔を上げた。

「丹沢からもどると、岡っ引きがこの宿の前にいて、荷物などを盗み見しようとしていました」

「なんだろうな?」

天一坊は首をかしげた。

「なあに、心配はご無用です」

そう言ったのは、山内伊賀亮である。

「お前はなにか知っているのか?」

天一坊は訊いた。

「なにも知りません。ただ、天一坊さまの布教について、町方の耳に入ったのでしょう」

「湯の神さまのことか？」

「はい。それから湯奉行所を設置すべきだという話も」

「幕政批判と受け取られるとまずいな」

天一坊はかすかに眉をひそめた。

「大丈夫です。こうなることは、もともとわかっています。予想はしておりました」

伊賀亮は悠然と言った。

「では、この後はどうなる？」

「おそらく町奉行のほうから呼び出しがあるでしょう」

「町奉行から？　わたしは山伏だぞ。山伏は寺社奉行の管轄で、町奉行は関わることはできないはずではないか？」

「建前はそうですが、今月の月番は南町奉行所になっています。南の奉行は、大岡越前守忠相と申しまして……」

「大岡越前？　聞いたことがあるな」

「切れ者として知られ、お白洲での見事な尋問ぶりは、世に大岡裁きとも言われています」

「ほう」

「その大岡越前なら、寺社方ともかんたんに話をつけ、かならずや天一坊さまを自ら調べてみたいと思うはずです」

「それほど切れるのか？」

「ただ、切れると言っても、大岡は単なる秀才に過ぎません。前例を重んじ、古今東西の判例を調べていて、世に言う大岡裁きも、なんのことはない、唐土の判例をちょいと剽窃したに過ぎません」

「では、わたしはどうしたらいいのかな？」

銀内に揉まれながら天一坊は訊いた。

「そのままで。いつものように」

伊賀亮はニヤリと笑って言った。

四

山内伊賀亮は、大岡越前を単なる秀才と言った。しかも、世に言う大岡裁きも、唐土の判例の剽窃に過ぎないと。

そういうところは確かにある。

だが伊賀亮は、大岡の重要な美点を知らない。大岡越前守は、町奉行という枢要な地位にありながらも、恐ろしく腰が軽いのである。ほとんど織田信長の草履取り並みの軽さ。これは出世する者にありがちな特質と言っていいだろう。

この日も、

「妙な山伏が市中の湯屋にいる」

という噂を聞くと、さっそくこの目で確かめようと、銀座のしらうお湯に出向いたばかりか、町人に混じって洗い場で身体を洗っていたのだった。

つまり、大岡は天一坊の容姿はもちろん、患者に施す熱心な医療行為も見たし、湯の神信仰と幕府への愚痴も耳にしていたのである。

そしていま、天一坊が宿泊している芝の宿屋の前で、二階の窓をじいっと見つめていた。

「お奉行、どうなさいます?」

この奉行直々（じきじき）の探索にずっと付き合ってきた、町方与力（よりき）の佐々木軍兵衛（ささきぐんべえ）が訊いた。

「ううむ」

大岡は唸（うな）っている。

「あやつ、やはり曲者（くせもの）でしょう。とりあえず捕縛（ほばく）してしまいますか?」

佐々木はけしかけるように言った。

「いや、それはまずい」

大岡は首を横に振った。

「ですが、あやつ、まぎれもない幕政批判を」

「批判とまでは言い過ぎだ。むしろ提言と言ったほうがよい」

「たかが山伏の分際（ぶんざい）で、ですぞ」

「いや、ただの山伏ではないかもしれぬ」

大岡は真剣な顔で言った。

「どういう意味です？」

佐々木が訊いた。

「あの毅然とした態度と物腰を見たか？　あの豊かな学識とすぐれた見識を聞いたか？　とても只者とは思えぬ」

「では、何者なので？」

「わからぬ。捕縛はせぬが、問い質してみることにしよう」

「いつ、やります？」

「いま、やる」

大岡越前はそう言って、表の戸をほとんど閉めかけていた宿屋のなかに入った。

「どちらさまで？」

宿屋のあるじが怪訝そうに訊いた。

「南町奉行所だ。ここに天一坊なる者が宿泊しておろう。ちと、話したい」

「た、ただいま」

あるじは慌てて、二階に駆け上がった。

まもなく下りて来たが、その後ろからやって来たのは天一坊ではない、ずっと付き添っていた弟子であった。

「天一坊に用があるのだがな」

と、大岡は言った。

「あいにくとあるじ天一坊は、昼間の疲れで寝入ってしまいました。ご用件は一の家来であるこの山内伊賀亮が代わりに承(うけたまわ)ります」

「そうはいかぬ。当人と話したい」

「どちらさまで？」

「南町奉行大岡越前守忠相だ」

ぴしゃりと叩きつけるように名を言った。

「南町奉行……」

「さ、起こして参れ」

「ですが、天一坊さまは……」

なんと、南町奉行の言うことにも従わぬという態度ではないか。武士だから這(は)

いつくばりまではせぬも、大岡の名にたじろがぬ者は江戸にはいないはずである。

「天一坊とは何者なのだ？」

大岡は思わず訊いた。

「わたしの口からは……もっとも、天一坊さまに訊いても、なおさら話すことはないでしょうが」

「申せ。申さねば、天一坊とともに捕縛することになるぞ」

「それはおやめになったほうがよろしいかと」

山内伊賀亮は、大岡の身を案じるような口ぶりで言った。

なんとも嫌な感じである。

「だから、天一坊とは何者なのだ？」

「そこまで執拗（しつよう）にお訊ねになるなら致し方ありませぬ。ただし、これはあの方がおっしゃったのではなく、わたしが申したことです。万が一、この話が嘘であったなら、それはすべてわたしが責めを負うとお約束いただけるなら」

「約束いたす。申せ」

大岡は自分だけが聞くというように一歩近づき、片方の耳を、穴に賄賂でも詰めろというように、山内のほうへぐいと近づけた。

山内伊賀亮はすっと威儀を正すと、大岡の耳の穴に高価な油でも注ぎ込むように、ゆっくりした口調でこう言ったのだった。

「驚かれるな。天一坊さまは、じつは上さまの落とし胤」

第三章　くノ一を連れて

一

くノ一のあけびは、お頭こと川村一甚斎の命を受け、会津藩に潜入していた。女の一人旅である。これは目立つし、むしろ怪しまれる。「入り鉄砲に出女」は、幕府の警戒するところでもある。

そこをあえて一人旅を命じられた。それくらいの任務は成し遂げてみよと。

だが、あけびはなんなくここまで旅をつづけている。なまじ旅仕度などするから厄介なのだ。農家の娘が、隣村まで使いに出た。今年の村祭りには、踊りに加わるのは許すが夜這いはやめてくれと伝えに行くという名目。その繰り返しでいい。

途中、関所があるとは言っても、あらゆる道に関所などつくれるわけがないし、隣村に行くのに関所を通る阿呆はいない。だから、なんの面倒もなくここまでやって来た。

じつは、後から武士に扮した二人のお庭番がついて来ている。心配したお頭がつけてくれたのだろうが、逆に農道など歩けないから、関所を通過したりして、大変そうである。

——気づかないとでも思ってるのかしら。

あけびは半ば呆れている。

幼いころから、将来を嘱望された。逸材だと。まさに〈天守閣のくノ一〉になれるだろうと。

天守閣のくノ一というのは、くノ一の格付けみたいなものである。お城の三の丸から二の丸、そして本丸と難易度が増し、天守閣にも潜入できる腕を持つという意味で、じっさいそこまで潜入したら称号が与えられるということではない。

身体能力に恵まれている。足は速く、跳躍力も並外れている。動きに切れがあって、武術はいずれも達者だが、なかんずく手裏剣の正確さでは男の忍者にもかなう者はいない。

加えてその美貌(びぼう)。くノ一にとっては大きな武器になるが、なにより上(うえ)さまに目をかけられ、大奥入(おおおくい)りも期待できると噂されてきた。

だが、あけびは、〈天守閣のくノ一〉にもなりたくないし、大奥にも入りたくない。遠くからしか見たことはないが、上さまも好みの男ではない。それよりは、おいしいものを食べたり、おしゃれをしたり、亭主が働いているのに芝居を観に行ったり、そういうふつうのことをして暮らしたい。

将来は大店(おおだな)の女将(おかみ)におさまるのが理想である。粋(いき)でこざっぱりした若旦那(わかだんな)をたらしこみたい。それにはどうしたらいいか、近ごろは暇さえあれば、その策を練っていたりする。

お頭があけびの、しらばくれた町娘のような魂胆(こんたん)を知ったとしたら、どんなに落胆することか。

背炙(せあぶ)り峠(とうげ)と呼ばれる曲がりくねった峠道が下りに差しかかった。

会津の遅い春もさすがに終わり、いまは全山むせ返るほどの緑に覆(おお)われている。一口に緑といっても、淡い緑から黒に近い緑、陽光を透かす緑から陽光をはね返す緑など、さざめくような千差万別ぶりである。それが重なり合うさまは、紅葉時より美しいとまでは言わないまでも、怖いほど深く重厚である。

その木々のあいだに、会津盆地が見えて来た。

──ん？

前方十間（約十八メートル）ほど向こうで、道の両側からふいに男たちが出現した。もちろん、関所ではないし、現われたのもちゃんとした武士ではない。一人は腰に刀を差しているが、ほかの三人は木刀や丸太ん棒を持っている。見るからに山賊である。

──やだなあ。

あけびは顔をしかめた。こんなやつらの相手などしたくない。

「おい、女。身ぐるみ、剝いでやっか？」

「……」

返事もしたくない。

顎が外れたヘビのようなだらしない笑顔と、真っ赤なキノコのような悪意を浮かべて近づいて来る。こんなのに、指一本でも触れられたくない。

「おっ、泥がついてるが、よく見ると、器量よしなんじゃねえか」

近くに寄ってきたので、ひょいと避けた。

「あら？」

動きの速さに、驚いたらしい。

「なんだ、女。逃がさねえぞ」

次の男が立ちはだかったのも、すっと避けた。

「あれれ？」

ひょいひょいと、四人すべての横を猫のようにすり抜けて、いっきに駆けた。

「お、待て、娘！」

追いかけて来るが、あけびの速さについて来られるわけがない。たちまち半町（約五十メートル）ほど引き離した。

「おめえ、天狗の子か！」

「だったら、歩くな。空、飛べ！」

諦めて、ののしっている。

と、そこへ、あけびをつけて来た二人の武士がやって来るのが見えた。

――お前ら、やめときなよ。

あけびは声をかけてやりたいが、山賊たちは逃げられた腹いせに、武士を襲おうとした。だが、二人の武士の剣が閃(ひらめ)き、四人は相次いで倒れた。

――あーあ、斬らなくてもいいのに。

あけびは、四人に手を合わせた。

途中、道が左右に分かれる。右に行けば会津若松(わかまつ)城下、左に行くと、東山(ひがしやま)の温泉。

あけびは温泉のほうへ向かった。

お庭番の権蔵(ごんぞう)に、お頭の指令を伝え、調べに同行する――それがあけびの仕事である。

人呼んで湯煙り権蔵。お庭番仲間では、伝説の男である。

歳は五十代の半ば。忍者としてはだいぶ盛(さか)りを過ぎたはずだが、むしろ盛名(せいめい)は高まっている。

とにかく温泉とか湯屋(ゆうや)とかが大好きらしい。外に出ているより、湯のなかにいるときのほうが長いのではないか、とまで言われる。

しかも、湯のなかにいるときは天下無敵。権蔵に勝てる者はいない。

とある藩に潜入したときは、幕府の密偵と気づかれ、温泉に浸かっているとき、およそ二十人の藩士に囲まれて、襲撃された。権蔵はもちろん手拭い一本持っただけで湯のなかにいたにもかかわらず、半数ほどを倒し、無事、脱出したこともあるそうだ。

それがどういう武術、あるいは忍びの技を使ってのことなのかは、いっさい謎なのだ。

しかも、闘争ごとだけではない。女が権蔵といっしょに湯に入れば、身も心もとろとろになって、意のままになってしまうという。

ま、女のほうは多少、眉唾であるにせよ、湯のなかでは無敵というのは事実らしい。

ただ、それはあくまでも湯のなかにいるときだけのことで、湯から出れば思いっ切りただの人。見た目も冴えない、単に好色なだけの初老の男に成り下がってしまう。

あけびはまだ十八。物心ついたころには、権蔵はほとんど江戸におらず、噂ばかり聞くだけで、じっさい会ったことはない。

――面白そう……。

若い娘の好奇心が、新月の夜のふくろうの瞳のようにふくらんだ。

川沿いに湯煙りが見えてきた。

湯宿がいくつか並んでいる。東山（天寧寺）温泉郷である。

言い伝えによると、奈良時代の高僧で、東大寺の大仏を造立した立役者として知られる行基によって発見されたという。

もっとも行基は、温泉を見つける名人と言ってもよく、加賀の山中温泉、上野の草津温泉、肥前の雲仙温泉などの名湯も同様とされる。

立派な湯宿がある。二階には、腰をかけられそうな出窓もついている。湯上りに火照った身体を冷ますには、最高の場所だろう。そのくせ門のわきには、難癖をつけるのが生き甲斐のような、槍を持った門番が立っていたりする。ここは藩主や重臣たちも泊まる宿なのだろう。こんなところにお庭番が泊まるわけがない。温泉郷のずっと奥。石器で削ったこけしのように、いかにも鄙びた宿があった。

——ここだな。

あけびは確信した。

二

——いい湯だなあ。

権蔵は露天の湯舟に手足を伸ばし、頭のところだけ縁にのせ、ぷかりと浮かんでいる。

寝てはいないが、自然と半眼になる。

その半分になった視界に入るのは、谷を覆う瑞々しい緑と、真上の青い空だけである。風のなかにうっすらと、椎茸の榾木と山菜の匂いが感じられる。たまに、赤い烏帽子をかぶったような鳥が、餌を見つけたネズミみたいに嬉しげに鳴きながら横切った。

微風が身体の表側半分を撫でていく。それで乾いたところと、湯に入っているところと、身体が半分に分かれた感覚も、なんとも言えず心地よい。

ここの湯は、権蔵の言葉で言えば、

「ぬく味」

が際立っている。

権蔵は温泉を、「ぬく味」「とろ味」「爽味」の三点から評価している。これは権蔵独自の言葉遣いで、かなり解説が必要だろう。

ぬく味というのは、ぬくもり具合というべき基準で、この湯に入るとどれくらい身体の芯からぬくもることができるかというものである。

とろ味というのは、湯の柔らかさ、やさしさみたいなもので、これが強いほどゆったりとくつろいだ気分になれる。

そして、爽味というのは湯が持つ爽やかさで、出たあとにいかにさっぱりした気分になれるかである。

周囲の景色などは採点の対象にしない。あくまでも、湯そのものの評価である。これらはそれぞれ五点満点で評価し、十五点が最高点で、これを得た湯はこの世で最高の癒しの湯ということになる。

だが、権蔵がつける点はかなり厳しく、世に知られた名湯でも、十点を越えるところはなかなかないくらいである。そもそも、ぬく味、とろ味、爽味というのは相反するところがあり、例えばとろ味が強ければ、どうしても爽味が劣ることになる。そこはそれぞれのよさが絶妙に嚙み合わないと、ともに満点ということにはならない。

そんなわけで、自分で決めた基準ながら、権蔵はいまだ十五点満点の温泉には出合ったことがない。満点の温泉を求めて旅することが、自分の人生の目的なのかと思ったりもする。

——ここは、ぬく味は満点だ。

権蔵はそう評価した。

逗留してすでに十日。仕事の疲れは、すっかり抜けた。それでもここを発つ気になれない。

隠密というのが、格別に疲れる仕事であるのは事実だろう。権蔵の場合は、べっ甲の櫛の行商と身分を偽って他藩に入り、廃藩に結びつけられるような不祥事や失態を探るのである。そういうときの目つきは、たぶん泥棒より嫌らしいだろう。

とくに狙うのは、外様の小藩あたり。そこで不祥事や失態を摑もうものなら、幕府は咎め、難癖をつけ、藩を廃絶に至らしめる。そうして徳川ゆかりの者を新大名として送り込む。それは代々、おこなってきた徳川家のお家芸である。当代の吉宗公はむしろ少ないくらいなのだ。

権蔵も藩を一つ、そうやってつぶしたことがある。これは藩主の乱行が目に余り、廃絶もやむなしという件だったが、それでも藩一つつぶせば、どうしたって相当の藩士が浪人になる。藩士の多くは、妻もあれば子もあり、彼らは路頭に迷う。

とても手柄を立てたと喜ぶことはできない。

――嫌な仕事だよなあ。

自分の仕事の罪深さに、夜中に目が覚めると、眠れなくなったりもする。そんなとき、泥棒なら盗んだ金を数えることができるが、権蔵には数えられるものもない。

いまの担当は仙台藩。こんな大藩をつぶすのは容易ではなく、上司も権蔵一人の働きでつぶせるとは思っていない。だが、万が一、成功したら、いったいどれだけの浪人を生み出すことになるのか。

――この任務を最後に、隠居させてもらえないものかねえ。

身分でいえば、お庭番の倉田忠右衛門の下男扱いだから、譲るような家督もなければ、倅もいない。かんたんに隠居できそうだが、そこが特殊な任務についてきた者の厄介なところなのである。

「あーあ」

権蔵がため息をついたとき、

ぽちゃり。

と、湯舟の向こうで音がした。

露天の湯舟は、そう大きくはないが、瓢箪のようなかたちをしている。くびれたあたりには、椿やツツジが植わっていて、権蔵のいる反対側あたりは、なかほどまで行かないと見えないつくりになっている。いちおう男女別ということなのだ。

権蔵は耳を澄ませた。

話し声はない。入って来たのは一人だけ。

心地よさに手足を伸ばす気配が、湯のなかを伝わって来る。遠慮がちな上品な動き。これが婆さんだと、ばしゃばしゃ溺れたみたいな音を立てる。湯の表面に皺のような波が立つ。だが、いまの湯の表面はなめらかでしっとりしている。

——嘘だろう、おい。

入って来たのは、若い女なのだ。

じつは若い女といっしょに入る幸運があったら、それが潮どき。ここを発とうと決めていた。まさか来るわけないと思っていた。

豪農の一人娘が、持病の癪を治すのに、湯に浸かりに来たか。それとも、なかなか子のできぬ武士の若妻が、身体を温めるためにやって来たのか。

勝手な妄想だが、妄想というのは男を興奮させる。

「むん」

権蔵は咳払いをした。

「あら」

ちょっと怯えたような声。びっくりして逃げられたらがっかりする。

「村の人かい？」

警戒心を解くように、権蔵は明るくやさしい声で訊いた。つまり猫撫で声。

「いいえ、違います」

「ご城下？」

「いえ」

「遠くから来たのか。いや、あたしもそうなんだけどね。江戸から来たんだよ」

「まあ、江戸から」

女の声が輝きを帯びた。

「べっ甲の櫛を売って歩いてるのさ。さすがに会津は裕福だね。けっこうな値がするのに、来てすぐに二つ売れたよ」

じっさい会津は米どころで、表の石高は二十三万だが、実質は四十万石を下らない。二つ売れたのも本当で、権蔵の懐は暖かい。

「べっ甲の櫛ですか」

興味を持ったらしい。

「なんなら安くしとくけど」

そう言いながら、権蔵は湯舟のくびれたところまで身体を進め、首を伸ばして向こう側を見た。

――こりゃ、また、きれいなお嬢ちゃん。

権蔵は正直、驚いた。

湯舟に首まで浸かり、こっちに向けている顔の愛らしいこと。

切れ長の大きめな瞳は、湯気のせいもあってか、濡れて輝いている。その光は、鋭くもあり、若々しくもある。鼻梁（びりょう）は細く、ちょうどいい高さ。口がいくぶん大きめだが、唇がふくよかで、むしろやさしげに見える。

だが、なんと言っても、その肌の艶（つや）やかなこと。釉薬（ゆうやく）でも塗って焼いたのかと思えるほど、しっとり輝いている。湯にはいま入ったばかりだから、湯のせいではなく、生来（せいらい）のものだろう。

「ひょう」

思わず奇声が洩（も）れた。江戸でも滅多に見られないほどの別嬪（べっぴん）である。

「見ないで」

娘がきつい声で言った。

会津東山温泉の湯は、無色透明だが、角度によっては薄青く、かすかに白っぽくも見える。その湯のなかに娘の裸が、遠い日の思い出のように揺れている。

「見ない、見ない」

と言いながらそれは口だけで、権蔵は視線をへばりつかせるようにして二歩、三歩、首まで浸かりながら近づいた。いかにも初老のおやじの図々（ずうずう）しさである。

「来ないで」

「これ以上は行かないさ。でも、その髪に、べっ甲の櫛は、さぞかし似合うだろうね」

「あら、そうかしら」

遠ざかった鮎（あゆ）が身を翻（ひるがえ）してこっちに来るように、娘の声音（こわね）が変わった。

「ああ、あたしが保証する。ふつうはべっ甲に負けちゃうんだけど、あんたの肌はべっ甲にも引けを取らないよ」

「お上手（じょうず）ね」

「ほんとの本気の本音（ほんね）だよ」

権蔵は笑顔のまま、もう一歩近づいた。

「でも、べっ甲なんて贅沢（ぜいたく）だわ」

「安くしとくよ」

「お金、ほとんど持って来てないの」

娘は肩をすくめた。そのしぐさには、明らかに媚(こ)びが潜(ひそ)んでいる。

「じゃあ、お金はいいか」

「いいって？」

「ただであげる。そのかわり……」

さらにのそのそと接近した。もう、手を触れようと思えば触れられるところまで来た。すると娘は、

「権蔵どの！」

急に土塀(どべい)が出現したような声ではねつけた。

「え？」

なぜ、名を知っているのか。

「幕命(ばくめい)ですぞ」

と、娘は言った。

「げげっ」

「仕事も終わったのに、いつまで温泉に浸かっているのです！」

「あんたは？」

「川村一甚斎さま直属のくノ一です。名をあけびと申します」

名を聞いて、権蔵はようやくホッとし、

「ああ、あんたがあけびか。噂は聞いてるよ」

また図々しい笑顔にもどった。

「あたしも湯煙り権蔵さんの噂は」

「聞いてる？　どういう噂だい？」

「すごく嫌らしいおやっさんだと」

「おいおい」

「噂どおりね」

「これも仕事のうちだよ。ぐノ一だってそうだろうが。色気を利用するだろうが」

「あたしはそういう手は使いません」

「そりゃあ勿体(もったい)ないなあ」

湯のなかを見透かすような目をした。

あけびは前を隠しながら、

「でも、噂の忍技とやら、見てみたい気もする。忍術でも忍法でもなく、忍技なんでしょ？」

「そうだよ。おれのは身体の鍛錬(たんれん)だけじゃ駄目で、学がないとできないからね」

「まあ。ぜひ、見てみたい」

「おれは、あけびの首から下を見てみたい」

「馬鹿言わないで。来るときに、一甚斎さまからさんざん言われて来ました。権蔵に気をつけろって。もしも、権蔵がお前にちょっかい出すことがあったら、必ず報告せよと」

「報告？」

「八つ裂き(やざ)きだって」

あけびは面白そうに言った。

「まずいなあ」

権蔵はなにか迷っているように言った。

「なにが?」

「もう忍技、かけちゃったんだ」

「え?」

「身体、動かせる?」

「あ」

なんと、あけびの身体が動かないのだ。まるで湯が凍ってしまったように、手足を動かすことができない。それなのに、湯は温かい。

「ふうふうふぅ」

権蔵が、閉め忘れた厠(かわや)の戸みたいに、だらしなく笑った……。

三

権蔵とあけびは、会津を発ち、山道を飛ぶように草津に向かっている。

――昨日(きのう)は危ないところだった。

と、あけびはホッとしている。

湯のなかでなぜ動けなくなったのか？

いくら考えてもわからない。

このまま権蔵のいいようにされてしまうのかと焦ったところに、後をつけて来た二人が現われて、危うく助かったのだ。

もちろんつけてきたお庭番の二人は権蔵とは顔見知りで、あけびを受け渡したみたいなことを言って、江戸にもどって行った。

あれはどういう技だったのか、権蔵に訊いても教えてくれない。やはり、お庭番のあいだでも一目置かれる存在であることは間違いないようだ。

浅間山が見えてきたころ、それを背にして北にしばらく行くと――。

「なんか臭い」

あけびは鼻を鳴らした。

「これを臭いと言っているようじゃ子どもだ。おれにはたまらなくいい匂いだ」

これぞ江戸っ子にも絶大な人気がある草津温泉の湯の香りだった。

異様な光景が現われた。

一反（約三百坪）ほどの土地から濛々と湯気が湧き出て、そこから出ているらしい膨大な湯が滝になって下の湯の池に流れ落ちていた。

「これが草津の湯畑だ」

権蔵は、まるで自分のもののように自慢げに言った。

「へえ、凄いねえ」

「感心している場合じゃねえ。こっちに来い」

権蔵はすでに顔なじみらしい湯宿の亭主に声をかけると、すぐに湯舟のほうへ向かった。あけびはついて行くしかない。

まずは浸かるのかと思いきや、権蔵はいきなり湯をすくって匂いを嗅ぎ、口に含んだ。無色透明の湯で、いかにも熱そうである。

「あ、違う」

権蔵はすぐにそう言った。

「やっぱり」

「いつもより濃くなっている」

「濃い？」

「湯の成分だ。倍くらい濃くなっている。これだと湯当たりする者も出て来るだろうな」

「なんで、そんなことに？」

「わからんなあ。よし、次、行くぞ」

「ちょっとくらい入らないの？」

あけびは不満をあらわにした。

なにせ有名な草津の湯である。どんなものか、入ってみたいではないか。

「そんな暇があるか。お前だって幕命と言っただろうよ」

「……」

会津東山温泉を急かして発たせた仕返しに違いない。

慌ただしく草津から箱根に向かった。

急な坂だが、どこかのどかな箱根の山道である。

箱根の湯は、街道沿いに七つの湯が点在する。湯本、塔之澤、堂ケ島、宮ノ下、底倉、木賀、芦之湯の七つである。このうち、将軍家に献上するのは木賀、湯本、塔之澤、宮ノ下の湯からと決まっていた。

その木賀の湯に来てみると――。

「これは、なんと」

大勢の猿が、気持ちよさそうに露天の湯舟に浸かっているではないか。

「ほんとだったな」

異様な光景に、権蔵も呆れた。

「猿って温泉に入るものなの？」

あけびも驚いて訊いた。

「山奥の湧き湯に数匹の猿が入っているのは、おれも見たことがある。だが、それは雪が降り積もる寒い冬のことだ。暖かい季節には見たことがない。しかも、こんなに大勢の猿が浸かっているなんて……」

くつろいだようすは、まさに湯治の人たちみたいである。子猿が多いので、可愛らしい光景にさえ見えてしまう。

「よし、次は熱海だ」

「そうだね」

いくら名湯であっても、あけびもさすがに猿といっしょには、入りたくない。

箱根から熱海はそう遠くない。

初めて熱海に来たあけびは、まずは景色の素晴らしさに圧倒された。眼下一面に海が広がっている。この景色を見て温泉に浸かるなんて、家康公でなくても、極楽（ごくらく）に来たような気になるだろう。

権蔵はここもなじみの湯宿のあるじに声をかけ、裏手の湯に直行した。

一目見た権蔵は、

「あ、違う」

「なにが？」

「熱海の湯は、もともと無色透明だ。これはほら、かすかに黄色く濁っているだろう」

「ほんとね」

権蔵はすくって匂いを嗅ぎ、首をかしげてからこれを口に含んだ。

「うわっ。ぺっ、ぺっ」

慌てて吐き出した。

「毒？」

「違う。こりゃ、肥（こえ）だぞ」

「肥？」

とんでもない事態である。それは献上も思いとどまるだろうし、本当のことも言いにくいはずである。

権蔵とあけびは、源泉を見に行った。熱湯が凄い勢いで噴き出していて、その周囲は厳重に石垣と柵で囲まれている。こんなところに、誰も侵入できるはずがなかった。

四

「草津の湯は倍ほど濃くなり、箱根の湯には猿がたむろし、熱海の湯にはなんと肥が混じっていたとはな……」

権蔵とあけびの報告を聞き、お庭番の頭領（とうりょう）である川村一甚斎は絶句した。

ここは本丸西桔橋御門（ほんまるにしはねばしごもん）の横にある多門櫓（たもんやぐら）のなかの一室である。お庭番の控え室になっていて、中奥御座の間とも、直線だとすぐ近くになっている。お庭番たちは、ここから御座の間前に出没するのだった。

「熱海の湯戸の者たちが言いにくいわけです」

と、権蔵は言った。

「よもや人為か？」

一甚斎が訊いた。

「そこはなんとも。ただ、草津の湯の場合ですと、あそこは湯の花というものがいっぱい取れます。これを蓄えておき、いっきに源泉に溶かしてやれば、湯の成分は濃くなるやもしれませぬ」

「なるほど」

一甚斎は膝を打った。

わきで聞いていたあけびも、この推測には感心した。

「猿も、猿使いのようなものが、一匹に湯の気持ち良さを教え込めば、ほかの猿どもも真似をするということができるやもしれませぬ。なにせ、猿真似というくらいで、やつらは真似をしますので」

「そうか」

「ただ、それらを人がやるとしても、簡単なことではないでしょう」

「だが、肥は人為であろう」

と、一甚斎は言った。

「いいえ、そうとも言い切れませぬ。もしかしたら、地中に人の肥が入り込み、それが地の底深くで混じり合ったということも考えられます。なにせ、われらが身体から出す糞尿（ふんにょう）が地中に沁（し）み込んでいくとしたら、凄（すさ）まじい量になりましょうから」

「たしかにな」

一甚斎はうなずいた。

あけびも、権蔵が言うことは筋が通っていると思う。こと温泉の話になると、ただの好色なおやじではない。

感心していると、権蔵はちらりとあけびといっしょに、あけびを見て、

「一甚斎さま。さらに調べを進めましょうか？　もしかしたら、この国の至るところにある温泉で、同じような事態が起きているやも」

と、殊勝な顔で申し出た。

「それはあるまい」

「ですが」

「東山はどうだった？　いい湯であったろう」

「たしかに」

権蔵の魂胆は見え見えだった。あけびとともに全国津々浦々を、のんびりと温泉めぐりをするつもりなのだ。しかもあわよくば、あけびの裸も拝もうというのだ。

一甚斎は顔をしかめ、ぴしゃりと言った。

「とりあえず桜田御用屋敷にもどって次の命に備えよ」

第四章　落とし胤

一

大岡越前はこの数日、頭を抱えていた。

とんでもない話を聞いてしまった。綺麗な重箱に詰めた爆弾をもらったような気分である。聞かなければよかったと思う。

自分は腰が軽いため、つい余計な話を聞き込んでしまう。これからはもう少し、慎重に行動したほうがいいだろう。

上さまのご落胤。

もちろんほんとか嘘かはわからない。

だが、そんな話をこの南町奉行所に正式に持ち込まれたら、とんでもないことになる。

だいたい、どこに持ち込まれても、そんな話が通るわけがない。公儀は否定し、関係ある者は全員不届き者ということになる。

どこに持ち込まれるかが問題なのだ。

奉行所に持ち込まれたら、吟味のうえ、お白洲での裁きとなる。

そこで、天一坊の話がまるっきりの与太話だと証明できればいい。

「天下を騒がす不届き者。よって、死罪を申し渡す。市中引き回しのうえ、打ち首、獄門！」

と、見得でも切るように言い放って、ことは一件落着。

だが、あんなだいそれたことを言い出したからには、向こうにもそれなりの根拠はあるのだろう。

お白洲の審議の途中で、

「これが証拠の品」

などと、葵の御紋が入った短刀でも持ち出された日にはどうなる？

わしなどは、お白洲に飛び降りて、

「ははあっ」

と、這いつくばらなければならないかも。

こうしたことのないよう、しばらくは表沙汰にせず、しらばくれるつもりである。

だが、天一坊のことは徐々に世間に知れ渡るに違いない。なにせあの、自然に溢れ出るような品格と威厳。誰だって、あいつには注目してしまう。

「只者ではない」

「おそらく身分ある方の縁者？」

「身分ある方とは、京都の天子さま？　はたまた千代田のお城の……？」

皆、面白半分で勝手なことを想像するのだ。

そこへまちがいなく瓦版屋の蛆虫どもも食いついてくる。あいつらの性質の悪さときたら、書くもののなかに、真実は西瓜の種くらいしか入っていない。残りはすべて脚色された甘い実と、食うに堪えない皮のようなもの。嘘八百が面白おかしくつづられ、それで誰かが傷つこうが、困ろうが、知ったことではない。

では、真実だけを書けばいいのかというと、それはそれで奉行所としては困るのだが……。

――これは、まずいぞ。

大岡越前の額に脂汗がじわりと滲む。

だが、いつかこういうとんでもない面倒ごとがやって来て、自分の化けの皮は剝がされる――大岡越前には、そうした漠然とした予感がずっと前からあったのである。

だいたい、いままでが順調過ぎたのだ。

上さまの引き立てのおかげで、四十一という破格の若さで江戸南町奉行に抜擢された。通常は六十前後の、酸いも甘いも知り尽くした男が就く、幕府の中枢を占める職務なのである。四十一でその職務に就いたということは、すなわち実力以上の人生を歩まねばならないということだった。

運を摑んだのであり、運というのはいずれ尽きるのである。それをもたらすのが、あの天一坊なのかもしれない。

大岡越前は、自分の正体というものをよく知っていた。子どものころから弁が立った。家族や周囲からはつねづね、

「屁理屈言わせたら日本一」

と疎まれた。褒められたのではない。疎まれたのである。

自分でも屁理屈とわかっていた。実感も重みもない言葉を軽々と操って、相手を屈服させてしまう。それらの言葉は、自分のじっさいの経験とはなんの関係もなかった。ただ相手を言い負かすために持ち出された、閃きはあるが軽い、春先に突如現われるメダカの群れのようなものだった。

言葉に少しでも重みを持たせるため、さまざまな経験をしようとしたのが、腰の軽さだった。どこにでも出かけ、いろんなものを見、それで実感に満ちた言葉を言えるようにしよう——そういう思いだった。

だが、それはしょせん、観察する者の言葉だった。血も涙も汗も傷も、臭いさえない、すなわち意味のない言葉だった。

——ああ、嫌だ、嫌だ。

大岡越前は自分という人間が好きでなかった。他人には堂々として自信満々の男に見えるらしいが、じっさいは正反対。自分に自信がなく、いつも小心翼々とした、町奉行よりは奉行所日記書役——それも事件のことではなく、物品の消耗と搬入に関することだけの書役といったあたりがふさわしいと、思いつづけてきた男なのだった。

だからこそ、そんな自分だからこそ、町奉行になっていままでの十二年間を、必死で働いてきたのである。

その、赫奕たる実績ときたら……。

二

大岡越前が町奉行に就任した享保二年（一七一七）、江戸を大火が襲った。ひと月のあいだに二度も大火事が起き、日本橋、神田、築地、深川、本郷、小石川といったあたりが焼け野原となった。

まずはこの復興に取りかからなければいけなかった。

また、江戸の消防体制が脆弱なことに気づき、数年のうちに町火消しの制度を整えさせた。これが、粋な江戸っ子の代表のようになる〈いろは四十七組〉である。

これまでは、加賀前田家や久留米の有馬家などの大名家がつくった、いわゆる〈大名火消し〉に頼りがちであった。今度は大名と町人が協力し合って、江戸の町を守るのである。しかも、町内にできた火消し衆の誕生によって、町民の火事に対する警戒心も高まったのである。

これだけでもたいした功績だが、まだある。

窮乏していた幕府の財政を立て直すため、武蔵野における新田の開発も奨励した。

庶民の暮らしを助けるため、物価の引き下げにも尽力した。

加えて、医療関係での実績の多さも、大岡越前の特徴だろう。

たとえば小石川養生所。身体の具合が悪くても、医者にいけない貧しい町人が、無料で医者の治療を受けられる施設をつくったのだ。

その養生所内では薬草をいろいろ植えさせて、医療の充実を図った。飢饉に強い甘藷（薩摩芋）の栽培もここでおこなわれた。

これは名医数十人分の功績だろう。

大岡の場合、身内に医者がいることも大きかった。いま二十歳になった大岡家の嫡男・忠宜を産んだ側室のお八重の父は、市川楽翁といって牛込で医者をしていた。この楽翁を屋敷へ入れ、医事についていろいろ相談に乗ってもらっていた。

ところが、世間というのは、町奉行はお白洲の裁きで目立ったことをしないと、有能だとは認めないのだ。

飢饉に備えて甘藷を植えたって、

「今度のお奉行は、農作業がうまいらしい」

「だったら、おらんとこの畑もやってもらうか。ひっひっひ」

なんて噂をするくらいが関の山。

このため、大岡越前は数年前から、ちょっとした策を弄するようになっていた。

名奉行大岡越前の名を高めたのは、世にいう〈縛られ地蔵〉の一件だろう。

とある夏の昼下がり――。

日本橋駿河町の〈越後屋〉に出入りする彌五郎という男が、大きなお地蔵さまの前に座り込み、商売物の白木綿の反物をわきにおいたまま眠ってしまった。

気がつくと、反物がすべて盗まれている。これは大変と、彌五郎は南町奉行所に訴えて出た。

すると、大岡越前は意外なことを命じた。眠り込んだそなたも迂闊だが、盗まれるのを黙って見ていた地蔵も地蔵だ。バチくらい当ててしかるべきだろうと、この地蔵に縄をかけ、お白洲へと引き出したのである。

これには町の者も驚いた。いったいどういう裁きになるのかと、奉行所のお白洲にどっと押し掛けたのである。

「なんだ、この騒ぎは？　不届き者ども！」

大岡越前は怒り、奉行所の門を閉め、野次馬たちを閉じ込めてしまった。

野次馬たちも困ってしまったが、大岡越前は妥協案を出した。

「それでは、白木綿の反物を一反ずつ持って来るなら、罪を許してやる」と。

この持って来た反物のなかに、盗品が混じっていて、下手人は捕縛。ほかの者が持って来た反物は持ち帰らせたという。

見事な裁きだが、じつのところ、こんな裁きはなかった。いや、盗みの事実はあった。

盗まれたという訴えがあるとすぐ、奉行所の同心たちは市中の呉服屋を当たり、白木綿の反物を持ち込んだ者はいないか、訊き回った。

すぐにわかった。盗難のあった場所に近い呉服屋に持ち込まれ、品物の商標を確認すると、まさに盗まれたものだった。持ち込んだ男も近くの者で、容易に捕縛に至った。

これが事件の真相。面白くもなんともない。名奉行たるもの、真相を明らかにする際には、地道な調べより天狗の鼻をへし折るほどの機知や閃きがなければならない。

そこで大岡越前は、これに宋の名裁判官だった包拯の裁判記録である『包公案』のなかにあった「石碑」という話を結びつけた。お地蔵さまではなく、石碑だったり、盗人が商標の細工をしていたりと、多少の違いはあるが、大岡裁きとほぼ同じになっている。

石碑を地蔵にしたのは、大岡の手柄と言っていいだろう。石碑を縛るより、お地蔵さまを縛るほうが断然面白い。罰当たりなことをしたが、それも真相解明のためだったというオチもつく。

有名な大岡裁きはまだまだあるが、もう一件、有名な〈実母騒動〉を挙げよう。

ある家のあるじ、ほかに女ができたものだから、妻を無理やり離縁し、新しい女を妻にした。

このとき、元の妻はお腹に子を宿していて、実家で出産した。

その娘が十歳になると、まことに愛らしく成長した。

一方の後妻はいまだ子どもがない。そこで、「父親はあんたなんだから、あの子はあたしの娘」と言い出し、あげくは「あの子はほんとはあたしが産んだ娘」とまで思い込んだ。

ついには、「畏れながら」と町奉行所に訴えて出た。

これを裁いたのが大岡越前。

お白洲で「これはわたしの娘」「いいえ、実母はわたし」と言い張る女二人に、

「仕方がない。その子を真ん中に置き、二人で腕を引っ張り合うがよい。勝ったほうを実母とする」

女二人は力の限り娘の腕を引くが、娘は痛みのあまり泣き出した。すると、元

妻のほうは、ハッとなって手を離してしまう。

「ほおら、わたしの娘よ」

と、勝ち誇った後妻に、

「待て。娘が痛がるのに耐えかねて、手を離したほうが、愛情あふれる本物の母。そなたはただ、勝ちたかっただけだ」

と、後妻の訴えを退けた。

だが、よく考えれば、なにも引っ張り合いなどさせなくても、近所の産婆を当たれば、誰が親かはすぐにわかりそうなものである。男親を探るとなると、大変なことだが、女親はじっさいに腹を痛め、出産しているのだ。

じつは大岡もそうしていたが、それではつまらないのだ。

結果、脚色がほどこされたが、それには元ネタがあった。

宋の桂万栄が編集した裁判の記録『棠陰比事』に、兄嫁と弟嫁が子どもの手を引っ張り合って情愛のなさを指摘されるという話がある。これを当てはめた。

つまり、偽りの大岡裁き。

大岡越前はこれら翻案した話を、知り合いの講釈師に頼んで、寄席などで面白おかしく語ってもらうことにしたのである。

ただし、露骨に大岡越前を持ち上げるようにはしないで欲しいと。「これ、もしかしたら、いまのお奉行さまの話か？」という程度でいい。あとは、話が一人歩きしてくれたら、そこでつくり話は本物になるのだ。

画策はどうやらうまくいった。大岡越前の名裁きは徐々に世間で噂されるようになっていたのだが、そこへこの天一坊というとんでもない話が舞い込んだのである。

三

天一坊の話は、ことが重大過ぎる。

こういうのは、こじゃれた頓智で解決できる話ではない。

うまくいけば感動の父子対面だが、そうはさせないのが、公儀というもの。世間を騒がす逆賊ということで惨たらしい結末が待っているのだ。

幸い、天一坊のほうは、とりあえず向こうから言い出すつもりはないらしい。

こっちはそのあいだに、なにか対抗策を講じねばならない。

大岡越前が考え込んでいたところに、

「お奉行。門の外を座頭(ざとう)が通ります」

と、与力(よりき)の佐々木軍兵衛(ささきぐんべえ)が来て言った。

「それは座頭くらい通るだろう」

「天一坊のところにいる上野銀内(うえのぎんない)とかいった座頭ですぞ」

「なに、天一坊?」

「はい。天一坊はやはり怪しい男ですぞ。さっさと捕まえたほうがよくはないですか」

佐々木は上さまのご落胤という話を聞いていない。あのとき、山内伊賀亮(やまのうちいがのすけ)は大岡の耳へ口を寄せ、そおっと言ったのだった。

「捕まえるだと?」

「はい。ろくでもない計略を練っていそうです」

「よせ、変に突っつくのは」

大岡越前は慌(あわ)てて言った。

「いけませんか？」

「わしがよしと言うまでは、遠巻きに見張っていればよい」

「わかりました。ただ、あの座頭の揉み治療は絶品だそうですな。かつてお城にいた初代、二代の板鼻検校をさえしのぐのではないかと」

「それほどの……」

「天一坊の湯を使った揉み治療もいいそうですが、銀内のは指先一つで極楽行きだとか」

「そんなにいいのか……」

大岡は、それならお城の上さまのところに上がらせてはどうか、と思った。

近ごろ、直接、上さまとはお会いしていないが、肩凝りでお悩みだと聞いている。

板鼻検校が亡くなったばかりか、熱海の湯もなにかあって届いて来ていないらしい。さぞや、お苦しみであろう。

上野銀内なら、あの凝りを揉みほぐしてくれるかもしれない……。

上野銀内を上さまに紹介するのはいい。だが、天一坊のことで、上さまに余計なことを吹聴(ふいちょう)されたら困るのである。

――どうしよう？

一瞬迷ったが、とりあえず、天一坊を探るためにも呼んでみようと思った。

「佐々木。上野銀内とやらを呼んで来てくれ」

「しょっぴくので？」

この男は、誰かを捕まえたくてしょうがないのだ。一度は、火つけの下手人を五人も捕まえたことがあった。火をつけたのは一カ所だから、五人も下手人がいるわけがない。だが、この男は無理やり五人とも有罪にしようとしたのだった。

「しょっぴくのではない。揉み治療をさせるのだ」

「お奉行に？」

「そうだ」

「肩など凝ってるので？」

佐々木は不思議そうに訊いた。

そう言えば、大岡は撫(な)で肩のせいなのか、肩凝りを感じたことがない。

「いや、肩は凝っていないが、腰とか背中とか」

「あ、なるほど。では」

佐々木軍兵衛は門から出て、

「おい、そこの座頭！　お奉行さまがそなたに揉ませたいそうじゃ。こっちへ参れ！」

と、いきなり呼んだ。

「そう、そなただ、そなただ。こっちへ参れと申しておるのだ。え？　お奉行さまは揉みたくない？」

「そうなのか？」

と、門の内に隠れていた大岡越前は思わず門に近寄った。なにせ、本心は自分が嫌いな小心者なのだ。

「なに？　揉み治療の技は、医者にもいけない貧しい者のためにあると？　お奉行さまは医者にかかれというのか？」

「医者は凝りを治したりできぬと申せ」

大岡越前は後ろから言った。佐々木が前にいるので、大岡は通りにいる上野銀内を見ることができない。

「医者は凝りを治せぬぞ。え？　それなら、側室や腰元にでも揉ませればだと？」

「お奉行さまは、貧しい町人のために小石川養生所をつくられたお方だぞと申せ」

大岡越前は後ろから言い、佐々木が繰り返した。

「お、これは心に響いたようですぞ」と上野銀内の反応を大岡越前にささやき、さらに通りに向かって、

「うん、そうじゃ、大岡さまは日々、町人のために奔走し、ひどくお疲れなのだ。だから、そなたも堅いことは言わずに揉んで差し上げろ。なに？　では、治療代はお高くなる？」

「かまわんと申せ」

「かまわん。参れ」

というようなやりとりで、なかば無理やり引き入れた。

大岡越前は、座頭の上野銀内を奉行所裏手の私邸のほうに入れると、自室で二人だけになった。佐々木たちに大事な話を聞かれたくない。

「本当は、お揉みする前に、湯に入られたほうがよろしいのですが」

と、上野銀内は言った。

「湯？」

「内湯（うちゆ）はございますよね？」

江戸では、武士の家でも内湯のない家が多いが、町奉行の屋敷ともなればさすがにある。

「あるが、面倒だな」

「湯が面倒でございますか？」

「正直申すと、湯が嫌いでな」

と、大岡越前は言った。先日、天一坊を探るのに町の湯屋（ゆうや）に仕方なく入ったが、あれは何年ぶりの湯だったろうか。入るには入ったが、足だけ入れ、ずっと湯舟の縁に摑まっていた。

「湯がお嫌い？」

銀内は驚きのあまり、うっかり目を開けそうになった。座頭は嘘なのだ。それにしても、この世に湯が嫌いな人間がいるとは思わなかった。

「そこを我慢して入るのが気持ちがよろしいのでは？」

「湯は熱いだろうが」

「気持ちなどよくないわ。地獄の炎に焼かれるようじゃ」

たしかに、江戸の湯というのは、江戸っ子の熱湯好きなどと粋がる者が多くて、火傷しそうなほど熱くなっていたりするのだ。

「ぬるくても構いません」

「それでも嫌だ。湯は滑るからな」

そう言うと、大岡越前の脳裏を子ども時代の嫌な思い出が走った。

「そうでございますか。では、湯はなしということで」

と、銀内は大岡越前をうつ伏せに寝かせ、背中をまたぐようにして、まずは肩のあたりから揉み始めた。

「あれ？　まるで凝っておられませんね」

銀内は呆れたように言った。

「肩はな。わしの場合、肩より腰が凝る」

「そうでございますか」

と、銀内の指が腰のあたりをぐうっと押した途端、

「あ、駄目っ」

大岡越前は思わず変な声を出した。

まさに、天女(てんにょ)の指先の再来だった。

四

芝(しば)の宿にいた天一坊の家来・山内伊賀亮は、もどって来た上野銀内に、

「首尾(しゅび)はどうであった？」

と、訊いた。

「はい。数寄屋橋御門(すきやばしごもん)のあたりを流しておりますと、南町奉行所から声がかかり、なかに案内(あない)されました」

「頼んだのは？」

「お奉行さまでした」

「それは重畳(ちょうじょう)」

「お奉行さまの私邸のほうで、二人きりになって揉まされました」

「二人きりに？　大岡はいきなりそなたに抱きついたりしたのか？」

「それはありませんでした」

「であれば、そなたからいろいろ訊き出したかったからだろう」

「そのようでございました」

「で？」

「あの方はちと変わった方でございますな。まずは湯に入るようお勧めしたところ、湯は嫌いなのだそうで」

「湯が嫌い？」

「子どものとき、寒い日に母親から湯に入るように言われ、尻を叩かれるように入ったそうです。ところが、その湯がもの凄く熱かったうえに、滑って溺れ、死にそうになって助けられたのだとか」

「あっはっは」

「しかも、助けられたとき、母親や腰元たちがお奉行さまを見て、茹で章魚みたいと大笑いされたらしいのです」

「心の傷か」

山内は同情したように言った。

「そのようでございました」

「でも、揉み治療は施したのだろう?」

「施しました。天一坊さまから教わった官能のツボも試しましたところ、そのようすたるや山内さまにもお目にかけたかったです。こう手足を突っ張らせて、ひくひく、ひくひくっと」

銀内がそのようすを真似てみせると、

「うわっはっは」

山内は手を叩いて爆笑した。

「それからはぐったりとなられて……」

「では、話はしなかったのか?」

「いいえ。切れ切れですが、お奉行さまはいろいろと訊いてこられました」

「なにを?」

「天一坊さまは何者だと。わたしは、あんな立派な方はいないとお答えしました。すると、立派なのはわかる。身分のことだと強く訊かれました」

「して、そなたは？」

　山内は静かな口調で訊いた。

　上野銀内は、将軍のご落胤のことを知らない。知っているのは、天一坊本人と山内伊賀亮だけ。そして大岡越前には、そのことを伝えた。

「おそらく、身分ある方の隠し子のようなお人ではないでしょうかと答えました。わたしもそう推察しておりますので」

「そこは追及されなかったか？」

「されました。迷ったのですが、わたしが以前から思っていたことを申し上げました」

「なんと？」

「あの美貌、あの品のよさは、おそらく京都のお公家さまの隠し子ではないかと」

「公家？」

　山内は、内心呆れた。公家ならなぜ江戸になど出て来るのか。こいつは揉み治療の腕は抜群だが、あまり賢くはない。

「それから、わたしに上さまを揉んでさしあげてほしいとおっしゃいました」

「ほう。それはでかした。江戸の近郊に湯の神の大社を建てたいという天一坊さまの願いに一歩近づいたかもしれんな」

それは計略どおりである。

「ただ、天一坊さまは困ると」

「困ると言ったのか？」

「そっと江戸から出て行っていただくかもしれぬと」

「そっと？」

「はい。あのような純粋に他人のことを思いやることができるような人は、わしとしてもお白洲に呼ぶようなことはしたくない。だから、そっと立ち去っていただくのがよかろうと」

「江戸から？」

「はい。たとえば品川あたりにいれば、江戸には来ようと思えば、すぐに来られるのだから、なんの問題もあるまいと」

「あいつ……」

山内は顔をしかめた。

大岡越前の魂胆が読めたのである。居場所が品川なら、江戸町奉行の管轄からは外れるのだ。そうすれば、大岡は関わらなくても済む。将軍のご落胤などという面倒ごとは回避できるのだ。

ひたすらの保身。保身こそ、あらゆる役人にとって、第一の特徴とも言える素晴らしく大事な特技。

当ては外れたのである。大岡越前の名裁きとやらに乗っかって、将軍家の懐に入り込もうとする計略は通じないらしい。

山内は憤然として言った。

「なにが名奉行、なにが大岡裁きだ！」

第五章　い組の丈次

一

半鐘が鳴っている。しかも、叩くのではなく、磨るような鳴らし方である。

「近くだぞ」

丈次は飛び起きた。明け方が近い。

ここは、日本橋本町一丁目、町火消しの〈い組〉の頭・湊屋喜左衛門の家。

丈次は、頭の家の二階に住み込んでいる。

物干し場に出て、あたりを見回した。首だけくるくる回すところは、ほとんどふくろうの餌探しである。

北のほうに、小さな嫉妬のようにちろちろと火が上がっている。ここから火が見えているというのは、すでに燃え上がっているのだ。

「丈次。どこだ？」

頭も上がって来て訊いた。

「本石町の一丁目と二丁目のあいだあたりでしょう」

「近いな」

「頭。おれは一足先に駆けつけますぜ」

江戸の町は、一つの町で三十人の火消しを抱えなければならない。いざ、火事になると、火元の町を含め、風上、右左二町の火消しが集まって、消火に努めるのだ。

頭の家には、丈次のほかに五人の火消しが同居しているが、ほかはばらばらに住んでいる。

その連中が駆けつけて来るまで待ってはいられない。

「わかった。集まり次第、向かう」

「そのときは、すぐに動けるよう、ようすを確かめておきます」

火事の現場を見て、風向きや風の強さなども考慮しながら、瞬時に消火の手順を決めなければならない。

丈次が纏を持って駆け出そうとすると、

「兄貴。あっしも」

と、若い火消しの三太が声をかけた。

「よし。梯子を持って来い」

二人は走り出した。

江戸の町の火事は、冬場が圧倒的に多い。初夏の火事は珍しい。

――火つけじゃなきゃいいが。

火つけは燃え広がりやすいところを狙われるので、自然な失火より消しにくいのだ。

「兄貴。おいら、ふんどしを染め直しました。見てください。朱よりも紅に近い色にしてみたんですが」

走りながら三太が言った。綽名は〈あかふんの三太〉。赤いふんどしを締めていると、火事が仲間と見なし、火傷をしないのだという。

丈次は走りながら怒鳴った。

「おめえのふんどしなんか見てる場合か！」

丈次と三太は、火事の現場にやって来た。

横町（よこちょう）を入ったところの一軒家が燃えていた。火元は塀のなかで、ようすはわからない。

近所の者が出て来ているが、おろおろするばかりである。

「誰の家だ？」

「若松屋（わかまつや）のご隠居（いんきょ）さんの家です」

「ご隠居は無事か？」

丈次が家に向かって怒鳴ると、

「あたしは、大丈夫です」

後ろから返事があった。

「よし」

とりあえずなかに入るため、塀を壊すことにした。纏の柄（え）のほうを塀に叩きつけて壊し、足で蹴倒すようにしてなかに入った。

家の端のほうが燃えている。

「三太、梯子だ」

梯子をかけると、丈次は家の屋根に上がった。

風下（かざしも）は通りになっている。これなら、水で消せるかもしれない。火が広がりそうなときは、周囲の家を壊して、燃えるものを排除していくという乱暴な消火法を取らざるを得ない。

「水で消せるぞ。水をかけろ！」

丈次は怒鳴りながら、屋根の端まで行き、ここが火元と報せるために纏を振り始めた。

江戸の町火消しは、それぞれ違う意匠（いしょう）の纏を持っている。い組の纏は、芥子（けし）の実と桝（ます）。「けし」と「ます」で、「消します」の洒落（しゃれ）になっている。考案したのは大岡越前（おおおかえちぜん）と言われるが、じっさい考えたのは周囲の誰かに決まっている。だが、大岡は町でこの纏を見かけるたび、

「あれはわしが考案したのじゃ。むはは」

と、自慢するらしい。

い組と言えば、いろは四十七組（後に四十八組になる）の筆頭。しかも、任せられているところは日本橋室町や十軒店などの目抜き通りもあれば、金座や江戸の三名主たちの家もあるなど、江戸の中心地の一番組なのだ。逆に言えば、なんとしてもここから火事を広げさせはしないと、これは、い組の丈次の意地であり誇りであった。

「どんどん水をかけろ。庭には池もあるぞ」

丈次は怒鳴りながら、火消したちの働きぶりだけでなく、野次馬たちも見回している。

――ん？

野次馬のなかに、爛々と目を輝かせた若い男を見つけた。炎の明かりを受け、熟れた茄子みたいに艶々した赤い肌をしている。いかにも越後屋であつらえましたというような着物は、炎に映えて色も鮮やかである。こいつは自分たちみたいな野育ちの人間ではない。ちゃんと鉢のなかで、毎日水をかけられて育った盆栽のような人間である。

丈次はその男をちらちら見ながら、纏を振りつづける。

「丈次さーん、頑張って！」

「なんて、いなせなの！」

黄色い声も飛んで来る。若い娘たちが、声援を送っているのだ。

丈次は無視していたが、

「おう、おいらのことも応援しておくれよ！」

三太が手桶に水を入れて、上に来ていた。

「やぁだぁ、あかふん三太ったら」

「火事場で赤ふんはどうなの？」

娘たちの反応はよくないが、三太は声援と勘違いしているらしく、機嫌がいい。

「兄貴。水をかぶってください」

「おう、すまんな」

手桶を受け取って、頭から水をかぶった。火のそばで纏を振るから、熱風が吹きつけてくる。法被が焦げ臭くなっていたので、水はありがたかった。

「なんとか消えそうですね」

三太が上から見て言った。

東から陽が昇り始めていて、現場のようすもよく見えてきた。

「ああ、皆のおかげだぜ」

江戸の通りは、ところどころに四斗樽（しとだる）が重ねられ、これが防火用水になっている。

この水を、二百人を超える火消し衆がぶちまけた甲斐（かい）あって、火はようやく収まった。

延焼（えんしょう）も出さずに済んだ。それがなによりである。

二

屋根から下りた丈次に、

「見事だったぜ、丈次」

頭の褒め言葉がかけられた。

「ありがとうございます」

「褒美も期待していいぜ」

「そいつはどうも」

火消しは命がけの仕事だが、職業としては確立していない。

給金はひと月、頭でさえ六～十貫文（約十二万～二十万円）、纏持ちで三貫文（約六万円）、平の火消しでは四百五十～八百文（約九千～一万六千円）くらいしかもらえない。これでは足りないので、たいがいほかに本業を持っていた。

当初は、いろいろな職業の者が火消しになったが、屋根の上に乗ったりするので、結局、鳶の職人が兼務することが多くなった。

丈次も鳶の職人である。しかも並外れた技量で、天狗のようだとさえ言われている。

「兄貴。焦げた板だのは、〈富士乃湯〉に持って行くんでしょう」

三太が丈次に訊いた。

「おう。そうしてやろうぜ。おめえ、集めておいてくれ。おれはちっとすることがある」

丈次はそう言って、まだごった返している火事の現場を離れた。

さっき屋根の上で目をつけた若い男。あいつは火事が収まりそうになったら、がっかりしたような顔をしていた。

どうも気になるので、後をつけることにした。

十軒店の通りを横切って、男はまっすぐ歩いて行く。本石町四丁目の通りを右に折れた。ここは、岩附町と呼ばれる通り。

男は〈祇園堂〉と看板がある大きな雨傘の問屋のなかに入った。

「おや、若旦那。お出かけでしたか」

手代らしき男が声をかけた。この店の若旦那だったらしい。

「吉原帰りに火事見物だ」

若旦那は横柄な口調で答えて、なかに消えた。

家を確かめた丈次はまた火事の現場にもどった。野次馬たちはいなくなり、町方の同心が出火の原因を調べているところだった。

「あ、丈次がもどりました」

頭が丈次を見て、同心に言った。

「おう。おめえがいちばんに火元を確かめたようだが、やはりこのなかだったかい？」

「はい。塀のなかで、そこの物置小屋みたいなところの端が燃えてました」

丈次がそう言うと、

「若い衆。物置小屋はないよ。自慢の茶室なんだ。利休好みだぞ、安普請に見えるがな」

さっきの隠居が情けなさそうに言った。

「あ、茶室でしたかい」

「しかも、この五、六日は使ってないんだ。火なんか出るわけないんだがね」

「そうなんで」

だとすると、火つけなのか。

「でも、塀があって、しかも茶室のそっち側だったら、外からでも火なんかつけられねえぜ」

同心が言った。

それはそうなのだ。丈次は屋根の上で見たときもそう思ったのだ。火つけにしたって、なんかおかしいと……。

迷ったが、祇園堂の若旦那のことは、町方の同心には言わないでおいた。怪しかったが、なんの証拠もないのだ。

「皆の衆。どうもお疲れさんでした」

ほかの町の火消し衆にも礼を言い、三太とともに一石橋（いっこくばし）近くにある富士乃湯に向かった。

二人とも焦げた板や、焼けて短くなった柱などを抱えている。

ちょうど富士乃湯のおやじが、のれんを出していた。一番湯に入ることになるらしい。

「よう、おやじさん」

「おう、丈次か。火事があったみたいだな？」

「ああ。たったいま、消して来たところだ。すっかり煤（すす）を浴びちまったぜ」

「洗い流してさっぱりするといいよ」

「これは焼け残りだ。薪（まき）にしてくんな」

持って来た板や柱を差し出した。

「助かるぜ」

おやじは礼を言った。

湯屋では、湯を沸かすための薪集めが大変な仕事なのだ。もちろん薪は薪炭屋で買うこともできるが、湯銭は安いのに高い薪ばかり買っていたら商売にならない。

のれんを分け、湯銭の六文（約百二十円）を二人分、ぴしゃりと番台に置き、丈次と三太は脱衣場へと入った。

着ていたものを脱ぎ、留桶と呼ばれる自分専用の桶を持って、洗い場へ移る。

富士乃湯は、ほかの多くの湯屋同様、男女混浴である。

いまの季節は上の窓が開けられ、そこから朝陽が差し込んでいる。光は濛々と立ち込めた湯気のなかで、虹色に輝いて見えた。

「おう、三太。このまま入ったら、一番湯を汚しちまう。水で煤を洗い流してからだ」

「わかりました」

洗い場には水槽がある。桶で水を汲み、頭からかぶった。

「いい気持ちだぜ」

　さんざん熱風にさらされた身体に、冷たい水が心地(ここち)よかった。

「兄貴。お先に」

　三太が一足先にざくろ口をくぐり、なかの湯舟に飛び込んだと思ったら、

「あちっ、あちちち！」

　なかから転がり出て来た。

三

「何やってんだ。だらしがねえな」

　丈次は鼻でせせら笑った。

「兄貴、今日の湯は特別だ。石川五右衛門(いしかわごえもん)じゃあるめえし、あんな湯に浸かったら命が危ねえ」

「おめえ、いつも、おいらは兄貴と違って代々の江戸っ子だから、湯に入って熱いなんて台詞(せりふ)は言ったことがねえって自慢してるだろうが」

「うん。熱いと言ったのは、生まれて初めてだ」

「嘘つけ。どおれ、おれが入ってやるぜ」

丈次はゆっくりざくろ口をくぐった。

江戸の湯屋には、湯舟のあるところと洗い場のあいだに、ざくろ口というものがしつらえられている。人の腰の高さくらいまで、上のほうが板でふさがれているのだ。

この板には、屋根のような飾りがあったり、風景画が描かれていたりする。富士乃湯はもちろん、富士山の絵。

何のためにこんなものがあるかというと、なかの熱気を逃がさないためである。薪を節約するのに、沸かした湯はなるべく冷まさないようにする。また、湯気が籠(こ)もるので、蒸し風呂としての効果もある。

腰をかがめてざくろ口をくぐれば、なかはほとんど真っ暗と言っていい。

丈次は湯舟に手を入れてみた。

「うおっ」

思わず手を引っ込めた。

煮えたぎっているような気がした。

だが、湯屋のおやじは毎日、湯を沸かしているのだ。どれくらいの薪をくべれば、どれくらいの熱さになるか、見当がついている。そんな、べらぼうな熱さにはなるわけがない。

いま水をかぶったから、その分、熱く感じただけだろう。

今度は足から入れてみた。

「ううう」

なんだ、この熱さは。湯ではなく、焚火に足をつけている気がする。

「兄貴、熱いでしょ？」

「馬鹿言ってんじゃねえ。湯が熱いなんてぬかしていて、い組の纏持ちが務まるかってんだよ」

丈次は両足を入れ、いっきに身体を沈めた。

「え、兄貴、ほんとに？」

三太が驚いて目を瞠った途端、

「あちちちちちぃ！」

飛び出した丈次は、あまりの熱さにごろごろと、坂で落とした薩摩芋のように洗い場を転がった。

「ほぉら、見ねえ。兄貴だって無理だろう」

三太が嬉しそうに言った。

「おやじ、何だってこんなに熱くしたんだ？」

丈次が首をかしげたとき、

「どうだい、湯加減は？　今日はちょっと熱くなっていたんじゃねえか。くべた松の木が硬くて割れなかったうえに、たっぷり油を含んでいたからさ」

と、おやじがようすを見に来た。

「いま、おれ、入っちまったぜ」

丈次の身体は、全身、夕陽を浴びたよう。

「どれどれ」

と、おやじは湯舟に手を入れ、

「駄目だよ、うどんやそばじゃないんだから、こんな熱いのに入っちゃ。火傷しちまうぞ」

「早く言ってくれよ」

「すまねえ。どれ、ちっと水を足してやるよ」

　おやじは水槽から手桶で五杯ほど水を足した。

「これで入れるだろう」

「あ、ほんとだ」

　と、三太はすぐに湯舟に浸かった。

「おれはもう少し休んでから入るよ」

　丈次はまだ身体がひりひりするので、冷やした手拭いを身体に当てた。

「悪かったな、丈次。若い者が急に辞めたもんで、薪割りからなにから、ぜんぶやらなくちゃならねえんだ」

　おやじは枯れ芒のような立ち姿で詫びた。

「そうだったのかい」

「あと何年、この湯屋をやれるかねえ」

　おやじは今年、七十になったはずである。

「寂しいこと、言うなよ」

「この湯もおれの代で終わりだな」

「伜がいるじゃないか」

嫁をもらったのが遅かったので、伜はまだ二十歳くらいだった。その伜が、番台にいるのを何度か見たことがある。

「あいつは駄目だ。芝居に夢中で、台本書きになりてえなどとぬかしてる」

「そうなのか」

「おれもここんとこ、身体の無理が利かねえ。夜の見回りにも出られなかったりするんだ」

「見回り?」

「失火が怖いからな。寝る前に裏の釜だの薪置き場だのを見回るのさ」

「そうなのか」

丈次の胸にふと嫌な予感が兆した。

おやじが番台にもどって行くと、それと入れ替わるようにほかの客が入って来た。

——おっ。

丈次は目を瞠った。女の客である。

男女混浴ではあるが、富士乃湯ではいちおうの棲み分けみたいな習いはあり、女はざくろ口に向かって右手、男は左手に集まりがちである。

左手にいた丈次は、右手を歩く女の姿を目で追った。湯気で霞んでいるが、女が若くて、すっきりした身体つきということくらいはわかる。

「ごめんなさいよ」

女は丈次に声をかけ、ざくろ口をくぐった。

なかには三太がいる。さぞかし、にやついていることだろう。

そのうち、話し声が聞こえた。

「あれ、もしかして桃子姐さんじゃ？」

「そうですけど」

「あっしは、い組の三太といいまして、一度、頭のお供でお座敷でいっしょになったことが」

「おや、そうでしたか」

どうやら、女は日本橋芸者の桃子らしい。

若手では一番の売れっ妓と評判である。美貌、芸、そして気っ風と、三拍子そろった名妓だと。

噂は聞いていた。知り合いの越後屋の番頭が、桃子と同郷だった。「そのうちお座敷で会うことになるさ」とも言われていた。だが、たかだか火消しの纏持ちの収入では芸者を呼べるはずがなく、頭に誘われたときはたまたま用があって行けなかった。

三太だけにいい思いをさせてなるものかと、丈次もいそいそとざくろ口をくぐった。

なかは暗いが、ぼんやりと湯舟に顔が出ているのは見える。

「あ、兄貴。そちらは桃子姐さんですよ」

「ああ、噂はかねがね」

言いながら、丈次は三太の横に身を沈めた。

「こちらは、丈次兄ぃで」

「あら、纏持ちの丈次さん」

知っていてくれたらしい。

気の利いた冗談を言いたいが、何も浮かばない。

しばらく頭を働かせたが、

「いい湯ですね」

やっと言えたのがこれである。

「うふふ。そうね」

と言って、桃子はすっと出て行った。

その途端、三太が、

「あわわ……」

と、湯舟で気を失った。どうやら湯と桃子の魅力の両方に、のぼせてしまったらしかった。

四

夜になって——。

丈次は気になることがあって外へ出た。

足は富士乃湯に向かった。

江戸の湯屋は、朝は早いが、暮れ六つ（午後六時）から一刻（二時間）ほどしたら店終いとなる。いまは夜の四つ（午後十時）、疲れたおやじはすでに寝入っているだろう。

あたりも昼の賑わいが嘘のように静まり返っている。通りに面した店は、板戸もすべて閉じられ、明かりは痩せた蛍の光ほどもこぼれていない。唯一見えている明かりは、日本橋のたもとに毎夜出ている汁粉屋の行灯で、客を待つおやじの姿が、人型のろうそくみたいだった。日本橋周辺というのは、魚河岸があったり、大店が多かったりして、夜に開けている店はむしろ少ない。夜は場末のほうが賑わうのだ。

丈次の気がかりは、火つけをされないかという恐れだった。湯屋にはつねづね、薪が置いてある。なおかつ、火が付き物の商売だから、たとえ火つけをされても、失火だとして責任をかぶせられるかもしれないのだ。まして、おやじは老齢からくる疲れで、夜の火の用心も充分とは言えない。

富士乃湯まで来て、丈次は近くの四斗樽の防火用水の桶の陰に身をひそめた。耳を澄ますと、三味線の音が、散り始めた桜の花びらのように流れてきた。裏通りにある料亭からだろう。

——桃子姐さんかな。

朝、目にした湯気のなかの裸身を思い出した。

とてもこの世のものとは思えなかった。もしも観音さまが現われるなら、あんなふうに湯気に包まれて出て来るのではないか。それくらい、きれいで神々しかった。あれでは三太でなくても、のぼせてしまう。

——そうか。あの刻限が狙い目か。

明日からはもう少し、めかし込んで湯に来ることにしよう。

「おや、い組の丈次さん。噂どおりのいい男。よかったら、お湯屋帰りに、ちょいと水茶屋にでも寄りますか?」

なんてね。二人の恋の始まりだよ。

丈次が一人でにやついていると、ひたひたと足音がした。これから慈善事業をしようという足音ではない。惚れた女の寝室に忍ぼうという期待に満ちた足音でもない。邪悪な、臭い息のような足音。

——あ。

闇のなかに男が出現した。

目を凝(こ)らしていると、男は何か丸いものに火をつけ、それをぐるぐると振り回した。丸いものには紐(ひも)がついているらしい。

はずみをつけ、手を離せば、火のついた玉は高々と飛んで、塀の内側に落ちるだろう。

今朝の火事もああやったに違いない。

「この野郎！」

丈次は男めがけて突進した。

男は体当たりされてひっくり返った。

「火つけだ！　火つけを捕まえたぞ！」

丈次が怒鳴ると、周囲の戸が開き、棒を持って駆けつけて来る男もいた。

「この野郎、ふざけやがって」

顔を確かめると、案の定(じょう)、朝の火事のとき後をつけた祇園堂の若旦那だった。

「丈次じゃないか。どうした？」

富士乃湯のおやじも出て来ていた。

「この野郎が、そこの火の玉みたいなものを振り回して、奥の釜のあたりに抛り込もうとしていたのさ。てめえ、富士乃湯に怨みでもあるのか？」

「怨みなんかない。火を見ると、気分がさっぱりするものだから」

「気分がさっぱりだと。このおやじが、越後から出て来て、釜焚きから始め、どれだけ苦労してこの湯屋を手に入れたか知ってるのか？」

丈次は若旦那の胸元を締め上げながら怒鳴った。

江戸の湯屋の仕事はあまりにもきつくて、江戸っ子にはとてもできないと言われる。じっさい、辛抱強い雪国育ちの越後の人間が多かった。

「おれもここんとこ、怠慢だったからな」

と、おやじが言った。

「そうじゃねえよ。まったく、お上も湯銭は上げちゃいけねえと言いつつ、湯屋の商売を助けようとしねえ。おれは前から、そこらのことを言いたかったんだ。ほら、将軍さまに直接、ものを言える箱があるよな。おれは今度こそ、書いて訴えるぜ」

丈次は、お城のほうを睨みながら言った。

翌日――。

文次は慣れない筆を執った。三度、書き損じ、ようやくできた文はこんなものだった。

将軍さまに物申させていただきやす。
江戸の湯屋の者たちが、毎日、
どれだけつらい思いをしているか。
とんとご存じありますまい。
夜もろくろく眠らずに、働きつづけ、
江戸の者に気持ちのいい一っ風呂を
提供してくれているのでさあ。
少しは湯屋の商売を助ける策を考えてもらいてえ。
なんなら将軍さまもいっぺんくれえ、江戸の湯屋に
入ってみてはどうでしょう。

まさか将軍が読むわけはないと思いつつ、丈次はこの文を評定所前に置かれた箱に投函した。

第六章　天下が肩に

一

徳川吉宗は、今日も朝から肩凝りがひどかった。したことのない田植えを一町歩（約三千坪）ほどやらされたみたいにずっしりと重く、夢のなかで殴られたような鈍い痛みもあり、その痛みは頭にまで響いていた。横を向くのもつらい。

——なぜ、わしはこんなつらい目に遭わなければならないのだ……。

吉宗は、胸のうちでつぶやいた。

目の前には、三人の家臣がいる。ほめ殺しの水野、おとぼけ安藤、ケチの稲生である。

家臣の前では愚痴は言いたくない。それは将軍としての矜持である。

「おつらいでしょうな」

吉宗の表情から察して、ほめ殺しの水野が言った。

「ううむ。つらいと言えばつらいが、わしだけかな？」

「と、おっしゃいますと？」

「肩凝りに悩むのは、わしだけかな？」

「そんなことはありますまい」

「誰かおるのか、わしのようにひどい肩凝りに悩む者が？」

「それは、いるはずでございます」

「聞いたことはあるか？」

「そ、それは……」

水野は、安藤と稲生の顔を見た。二人とも首を横に振った。

そういえば、肩凝りについて、三人で真剣に話し合ったことはない。症状や原因、治療法などについて、相談したことがない。同じ症状に悩む者がどうしているか、問い合わせたことも、文献を当たったこともない。ただ、同情の念を語り合っていただけ。上(うえ)さまがこれほどお悩みであるのに。

これこそ怠慢(たいまん)であり、不忠であり、大いなる失態ではないか。吉宗が暴君であったなら、三人は逆さに吊るされたうえ磔(はりつけ)に処せられているだろう。

「いるならば、会って話したい」

と、吉宗は言った。

「会って話すのでございますか？」

おとぼけ安藤が吉宗の真意を訊(たず)ねた。

「同病相憐(あいあわ)れむというのは情けないか？」

「いえ、そんなことは」

「せめて、このつらさがわかる者同士で愚痴、いや語り合うなら、少しは気も晴れるやもしれぬ」

吉宗はそう言って、ため息をついた。

「お探しいたします」

ケチの稲生が言った。

「大急ぎで、上さまと同じ症状に悩む者を、ここへ連れて参ります」

三人は御座(ござ)の間から下がると、

「なぜ、このようなことを早く思いつかなかったのかのう」

「たしかに、同病の者に訊くのがいちばんじゃ」

「まったく、われらはなにをしていたのでしょう」

まずは反省ひとしきり。

それから、大急ぎでひどい肩凝りに悩む者を見つけようと、それぞれの屋敷に帰って行った。

なにせ三人とも、なんのかんの言っても、幕府の重鎮(じゅうちん)なのである。老中(ろうじゅう)の二人は大名でもある。ひとたび声をかければ、百人を超す家臣が動くし、それがまた大勢の使用人や知人に声をかける。

かくして、数日もしたら、

「世に我よりひどい肩凝りの持ち主はあらじ」

という人物が見つかった。

ほめ殺しの水野が見つけたのは、大名で加賀(かが)藩主の前田吉徳(まえだよしのり)公。ここ数年はと

くに、藩政改革のことで悩んだせいか、

「朝起きると、一刻（二時間）ほど、小姓に肩を揉ませてからでないと動けぬほど」

だという。

上さまのことを話すと、

「当藩でつくるかぶら寿司を食すと、肩凝りが軽減するので、ぜひ、上さまにお伝えしたい」

と、いまにもお城に駆けつけんばかりの勢いで語った。

おとぼけ安藤が見つけたのは、寛永寺の有力塔頭の住職である竜泉和尚。小坊主のころから肩凝りに悩み、いまや肩凝りも生涯の友だちとの心境に達したという。

「肩凝りに効くお経もあるのでぜひ」

との申し出があった。

ケチの稲生が見つけたのは、駿河町の豪商〈越後屋〉の当主・三井八郎右衛門。一日のうち二刻ほどは算盤をはじかなければならず、しかもふつうの店とは

桁が違う。当然、肩凝りも、

「店で売りに出したいくらい」

だという。

「京のほうで処方させた茶が効くので、上さまにお召し上がりいただきたい」

と、すでに茶壺も用意したとのこと。

「では、上さまと肩凝りの悩みについて、存分に語り合っていただこう」

日にちも決まり、三人揃って、お城へ参上した。

二

つねづね肩凝りに悩む三人だから、かしこまってはいるものの歩くときも肩をぐるぐる回したり、首を左右に曲げたりする癖がつい出てしまう。

そうしながら三人が、本丸御座の間に向かって長い廊下をやって来るようすを見ると、それだけで吉宗は、

「来た、来た。同病の者たちが」

と、嬉しくなった。

三人の素性も名前もすでに聞いている。

大名と高僧と豪商。

各界を代表する肩凝りを並べてくれた。その心配りも嬉しいではないか。

「上さま。ご同病の三人を連れて参りました」

おとぼけ安藤が一人ずつ紹介しようとすると、

「堅苦しい紹介はよい。かえって肩が凝るわ」

「御意」

「よく来てくれた。今日は互いに肩凝りのつらさを語り合おうではないか」

吉宗のざっくばらんな言葉に、緊張していた三人もホッとして、首や肩をこきこきさせた。

「前田は肩凝りに悩んで長いのか？」

吉宗は訊いた。

「わたしはかれこれ二十年くらいになります」

「越後屋は？」

「もう三十年ほどになりましょうか」

「和尚はどうじゃ？」

「小坊主のころからでございますので、五十年ほどは」

三人の答えに吉宗は感心した。

「三人とも凄いのう。わしは、たかだかこの四、五年ほどだ。それでも、かなり参っておる。じつに情けないな」

「いや、こればかりは年数ではございませぬ。むしろ、それくらいのときがいちばんおつらいかも」

と、前田吉徳が言った。

「さようか」

「わたくしもそうでございました。そのうち、自分に合った治し方というのがわかってきますので」

と、越後屋の三井が言った。

「なるほど。わしは揉み治療と、熱海の湯でどうにか耐えておった。ところが、揉み治療も人によってだいぶ違うものでな」

「そうでございますとも。おなごに揉ませようものなら、かえってひどくなります」

前田はさんざんその体験を味わったらしく、しみじみとした口調で言った。

「同感でございます。わたくしもおなごに揉んでもらうと、かえって疲れたものでございます」

三井も同調した。

「また、ついついこっちから揉んでやったりしますから」

前田吉徳の軽口に、

「わっはっは」

と、吉宗は笑い、

「これはお見通しでございますな」

三井がおどけて額を叩いた。

一人、竜泉和尚だけは羨（うらや）ましそうな顔である。

「熱海の湯は、ちと問題ごとがあったらしく、いまは止まっていてな」

と、吉宗は残念そうに言った。

「なるほど。拙僧も修行がてら、各地の温泉はかなり入湯いたしました。ただ、温泉も合う合わないがございますからな」

「和尚はどこがよかった？」

吉宗は身を乗り出して訊いた。

「奥州では東鳴子の湯が絶品でございました。さらに、信州の小谷の湯、越後の出湯、加賀の山代、美濃は福地の湯、紀州は上さまもご存じの龍神の湯、摂津は有馬の湯、伊予の道後の湯、豊後は別府の湯、そして肥前は温泉（雲仙）の湯、ここらあたりは、いっそ住み着こうかと思ったほど、いい湯でございましたよ」

「さようか。わしは龍神の湯と参勤交代の折に立ち寄った箱根の湯以外は入ったことはないが、ずいぶんあるものじゃのう」

「上さまも、やがてはゆったりと、全国湯めぐりの旅にでもお出かけになられては？」

「それはよいのう」

吉宗は夢見るような目をした。

行列つくって行くのではない。せいぜい腕の立つ二人の武士に、忍びの者はくノ一を入れて二人ほど。それで商人か庄屋（しょうや）あたりの隠居（いんきょ）の風体（ふうてい）を装い、全国の湯を楽しみながら漫遊（まんゆう）するのである。

ときには、町人や百姓を苦しめる悪代官などがいれば、懲（こ）らしめてやってもいい。止（とど）めとばかりに、葵（あおい）の紋が入った印籠（いんろう）でも見せてやろうか。

「憧（あこが）れるのう」

吉宗はため息をついた。

だが、いまはまだまだ政（まつりごと）を放り出すわけにはいかないのである。財政も落ち着いたとはいえ、盤石（ばんじゃく）とはいえず、跡継ぎに関しても深い悩みがある。

――頑張らなければ……。

その思いでさらに肩が凝った。

「上さま。当藩の名物にかぶら寿司というものがございましてな。これを食すると、しばらくは肩凝りが軽減いたします」

と、前田吉徳が言った。

「ほう」

「すぐにも献上したいのは山々なのでございますが、かぶら寿司は真冬にしかできず、代わりと言ってはなんですが、かぶら寿司にも使うブリの糀漬けをお持ちいたしました。お召し上がりください」

「すまんな」

「上さま。わたくしは京の宇治茶に肩凝りによく効くものがあり、これをお持ちいたしました。ぜひともお召し上がりのほどを」

と、三井が言った。

「うむ。飲ませてもらうぞ」

「拙僧は、肩凝りに効くお経をお持ちいたしました」

竜泉和尚が言った。

「こう言ってはなんだが、お経はかえって肩が凝りそうだがな」

「それが、お経のなかでもいちばんと言えるくらい短いもので、〈十句観音経〉と申します。わずか四十二文字しかなく、書いて参りましたので、ぜひお試しいただければ」

「わかった。試してみる。気遣い、相すまぬ」

吉宗は三人の手土産に礼を言い、

「ところで、そのほうたちの肩を触らせてもらえぬかな。数十年も積み重なった肩凝りの硬さというのを、この手で確かめてみたいのじゃ」

と、立ち上がった。

三人も、吉宗の頼みを断わることはできない。そろそろと吉宗の前ににじり寄って、

「どうぞ」

と、肩を突き出すようにした。

「どれどれ」

吉宗はまず、前田吉徳の肩に触れた。

「ん？」

微妙な顔をした。

つづいて、三井八郎右衛門、竜泉和尚の肩に触ると、

「はて？」

と、不思議そうな顔になった。

「どうなさいました、上さま？」

前田が訊いた。

吉宗は三人を見回し、自ら羽織（はおり）を脱いで、納得のいかぬような顔でこう言った。

「そのほうたち、わしの肩に触れてみよ」

三

四半刻（しはんとき）（三十分）ほどして——。

徳川吉宗は、海底に沈められた骨壺（こつつぼ）のような、深い孤独感に浸（ひた）っていた。

珍しいことではない。絶大な権力には、孤独は必ずつきまとう。

だが、友だちが一度に三人もできたと思ったばかりで、やはり友だちではなかったとわかったのは、大きな失望だった。少年のとき、遠乗りの好きな同年代の者を三人呼んでもらったら、三人は馬ではなく牛に乗ってやって来た——まさにそんな感じか。

各界を代表する肩凝りの持ち主でも、あの程度の肩の硬さだった。触れば、ちゃんと肉の弾力を感じることができた。

三人は、吉宗の肩に直接触れて、皆、気まずそうにしていた。それもそうだろう。吉宗の肩と自分たちの肩の硬さを比べたら、餅（もち）で例えれば、焼いたあとと焼く前ほどの違いはあった。女で例えれば、外側の乳房の柔らかさと、離縁を決意した胸の内くらいの違いか。

三人はしばらく言葉を失くしていたが、やがて、

「同じ肩凝りとは思えませぬ」

「いや、自分が肩凝りなどと言うのも恥ずかしくなりました」

「上さまの肩には、天下がかかっているのだと、痛感いたしました」

などと言いながら、申し訳なさそうにすごすごと帰って行った。置いていった三つの手土産も、心なしか色褪（いろあ）せて見えた。

「上さま。相すみませぬ」

ほめ殺しの水野、おとぼけ安藤、ケチの稲生もそろって頭を下げた。

「あの者たちなら、上さまと同病相憐れむことができると思ったのでございます

が……」

「よい。何も言うな。そのほうたちの心配りはわかっておる」

「ありがたきお言葉……うう っ……」

三人は吉宗のいたわりにむせび泣いた。

「わしの肩凝りは、やはり特別なのだな」

「御意」

「こうなると、熱海の湯と、初代、二代の板鼻検校(いたはなけんぎょう)の揉みの技がいかに素晴らしかったか、あらためて感じてしまうわな」

吉宗は、帰らぬ青春の日々を懐かしむように、詠嘆(えいたん)を込めて言った。

なぜ、あの二つの癒(いや)しが、突如として失われてしまったのか。

「上さま。われら、必ず見つけて参ります。日本中、草の根をかきわけても、熱海の湯と、板鼻検校の技のかわりになるものを」

水野が言い、安藤と稲生も深くうなずいた。

「無理だな」

と、吉宗は力なく首を横に振り、

「あの和尚が言っていたように、湯にも合う合わないがある。熱海の湯は、東照宮さまがお気に召したように、徳川の血にぴったり合う湯なのだ。あれ以上の効能は、ほかの湯では望めぬ」

「しかし、和尚はほかにも……」

水野らが言いたそうにするのを制し、

「揉みの技もそうだ。二人の板鼻検校は、わしの身体を知り尽くしていた。まるでわが体内に入り込み、隅々まで検分したうえで施すような揉み治療だったのじゃ」

「それはそうでしょうが……」

「時は去り、人も去る。再びは帰らぬ」

吉宗はそう言って、その眼差しに王者にしか出せない孤独感と寂寥感を滲ませた。

そのときである。

茶坊主頭の児島曹純がやって来て、

「上さま。大岡越前が参りました」

と、告げた。

水野たちはホッとした。肩凝りの代表を連れて来たと思ったら、失敗に終わった。熱海の湯と、板鼻検校にかわるものを見つけて来るとの提案は、吉宗に希望どころか諦念しかもたらさない。

重臣三人が、雁首並べてなんたるざまだと、肩身を狭くしていたのである。

そこへ大岡越前が来てくれた。

ここにいる三人が吉宗に可愛がられているのは、誰もが認めるところだが、実績でいえば大岡に勝る者はいない。吉宗の意を汲んだ政策を次々に具体的なかたちにし、実行してきたのである。

能吏である。機転が利く。

そのくせ、気質のどこかにいじましいところがあり、大物感がない。つまり、勘定奉行はともかく、老中などの地位を脅かすという心配はない。

こういう男にこそ、大いに活躍してもらいたいのである。

吉宗も期するものがあるのか、

「大岡か。通せ」

と、うなずいた。

大岡越前がゆるゆると現われた。緊張も怯えもなく、逆に自信も粋がりもない。いつも通りの、いい登場の仕方である。ただ、今日は一人の男を伴なっていた。

大岡は手を引いていた。男は盲人らしかった。

「上さま。これなる者は、上野銀内と申します」

と、大岡越前が言った。

銀内の独特の勘なのだろう、教えられなくてもまっすぐ吉宗のほうへ伺候し、拝伏した。

「うむ」

吉宗もまた勘は鋭い。一目で銀内の仕事を見破ったらしく、何をする者だとも訊かない。

「肩凝りにお悩みだと伺っておりましたが、ちょうどこの者と知り合いました。ぜひともこの者の揉みの技をお試しいただけませぬか」

大岡越前がそう言うと、

「大岡、よい」

と、吉宗は大儀そうに首を横に振った。

「は？」

大岡は、まさか断わられるとは思っていなかったらしく、目を瞠った。

「試さずともよい。わしはいま、いささか気弱になっておるのだ」

「気弱に？　なにゆえでございますか？」

「うむ。そこの三人がわしを思ってしてくれたことゆえ、あまり言いたくはないのだが、同病を相憐れむことができると連れて来た者たちが、たいした肩凝りではなかったのじゃ」

吉宗の言葉に、水野たち三人は肩身を狭くしたうえに、亀のように首を引っ込めた。

「そういうことでございましたか」

「そこへさらに、揉み治療の効能を期待し、やはり駄目だと思うのは嫌じゃ。一日に二度も、絶望したくはないわけよ」

「なるほど。よくわかりました」

大岡はうなずき、すぐに上野銀内を連れて立ち去ろうとした。

そばにいた水野たちも呆気(あっけ)に取られるほどの、諦めの早さだった。

これが大岡流である。決してしつこくしない。天性の右腕気質。逆に吉宗のほうがもう少し説明せぬのかと、気を惹(ひ)かれるのである。

それでも大岡は下がろうとする。

すると、手を引かれた上野銀内がぽつりと、

「肩だけでなく、左足のふくらはぎにも凝りが」

と、言った。

「なに？　そなた、いま、何と申した？」

吉宗が声をかけた。

「上さまの左足のふくらはぎにも凝りが」

「そなた、ちと、待て」

吉宗は止めた。

四

上野銀内を千代田の城に上がらせるについて、じつは大岡越前、天一坊の側近である山内伊賀亮と、ぎりぎりの交渉をしてきたのである。

大岡からしたら、肩凝りで悩む吉宗に、ぜひ銀内の揉みの技を受けてもらいたい。

お悩みのしつこい肩の凝りも、必ずや解消するはずである。

しかし、銀内は天一坊の家来でもある。吉宗に接触すれば、どうしたって天一坊のことを口にするだろう。

それは何としても困る。

江戸中が大騒ぎになり、世が乱れるきっかけにもなる。なにより、「大岡、天一坊という者の素性を探れ」と命じられるのもわかり切っている。

そんな面倒ごとは絶対に抱え込みたくない。

いずれ、天一坊の存在は明らかになるだろうから、その前に町奉行の管轄外である品川の宿まで追い払っておきたい。

それでいて、上野銀内には、上さまの肩凝りを治療させたい。

大岡も、われながら図々しいと思うのである。

毒のないフグを釣りに行くような、笑顔の熊を探しに行くような、もっと言えば囲碁の指せる犬を連れて来るような話である。

だが、大岡は交渉した。

「上野銀内に上さまのお身体を揉ませたい」

すると山内伊賀亮は、

「であれば、天一坊さまもごいっしょに、われら一同、お城に参上つかまつりましょう」

と、言うではないか。

「それは困る。それどころか、天一坊どのはこのまま江戸にいれば、その身が危うくなる。品川宿まで下がったほうがよろしかろう」

「それでは銀内もお城に伺候させることはできませぬ」

いっこうに埒が明かない。

大岡は考え、

「じつはな、北町奉行の諏訪美濃守が、天一坊どのの説法を幕政批判だとして、捕縛しようとしているのだ」

と、北町奉行を持ち出した。こういうとき、奉行所が二つあるのが役に立つのだ。

「なんと」

「諏訪は乱暴だぞ。もしも上さまのご落胤などという話を持ち出したら、真偽も問わずに処罰するに決まっている。直情径行とはあの男のことでな。無実の罪の男を死罪にしたあと、真の下手人が見つかると、そいつには架空の罪をでっち上げてまた死罪にするような男だ。そんな諏訪の暴走を止められるのは、わししかおらぬ」

大岡の話に山内も顔をしかめた。

北町奉行の話はハッタリかもしれない。だが、じっさい大岡はそこらのことはどうにでもできる。北町奉行と結託することもできる。

「ただで差し出せとおっしゃるのか？」

山内伊賀亮が訊いた。金の話を持ち出したのだ。

「ただとは言わぬ」

大岡も応じた。

「いくら出される？」

「上さまの肩凝りが治れば百両（約八百万円）」

「馬鹿な」

山内は鼻で笑った。

「では、二百両」

という大岡の言い値に、

「治る治らぬに関わりなく、一回の施術に十両（約八十万円）」

と山内は言った。

「ううむ、一回十両か……」

銀内なら治せると、山内は確信しているのだ。しかも、一回十両なら、百回かけて治すというやりくりさえ可能なのだ。

千両（約八千万円）までいくか。それくらいまでなら南町奉行所は出せる。だが、それは得体の知れぬこやつらの資金になるのだ。

さんざん迷った挙句、

「いいだろう」

と、大岡は呑んだのだった。

その上野銀内に、いま吉宗が、

「わしの左足の凝りがよくわかったな？」

と、声をかけた。

数日前、庭に下りる際、左足で下駄を踏み外した。怪我というほどのことではなかったが、その夜からふくらはぎが凝っている。

しかも、そのことは誰にも言っていない。

「お声で」

銀内はそう答えた。

「そなた、ちと、肩を揉んでみてくれ」

「承知いたしました」

吉宗は自らそばに寄り、肩を差し出した。

すると銀内は、肩ではなく、まず耳の後ろあたりに指を当て、押しながら回し始めた。

「ほう」

吉宗は目を瞠った。

皆、固唾(かたず)を呑んで見守っている。

揉まれながら、吉宗がうっすら目を閉じた。まつ毛が、いまからさなぎになろうとする毛虫のようにぴくぴくしている。

明らかに効いているのだった。

第七章　目安箱（めやすばこ）

一

銀内（ぎんない）の指は次に肩へ行くかと思いきや、胸の筋肉へと向かった。

吉宗（よしむね）の胸筋（きょうきん）は、弓で鍛（きた）えられ、逞（たくま）しく盛り上がっている。肉体という大地にできた城のようである。正室や側室がいる前で矢を射ってみせるときなど、吉宗はしばしば片肌脱ぎになって、これ見よがしに胸の筋肉をぴくぴくさせたりもした。正室や側室も吉宗の気持ちを察し、

「きゃあ」

だの、

「あらぁ」

だのと、嬌声を上げたりもした。それくらい自慢の胸筋だった。

だが、いまや発達し過ぎた胸筋が、逆に凝りの温床になってしまったらしい。

その胸筋を回すように揉まれて、

「むふふう」

吉宗の口から心地良さげな息が洩れた。

銀内の指は胸から上腕部へ。そして背中へ。なかなか肩にはいかない。

まるで肩という本丸を落とすため、周囲の二の丸やら西の丸を攻め落としているようだった。

始まって半刻（一時間）ほどしたか。

銀内の両方の指が、ついに吉宗の肩にかかった。

大岡だけでなく、水野、安藤、稲生の三人や小姓の数人も、この成り行きを息を詰めて見守っている。このところ吉宗を悩ませている凝り――とくに肩凝りが果たして解消されるのだろうか。

「なるほどずいぶん硬くなっておられますな」

揉みながら銀内は言った。

「肩が重くてな」

「そうでございましょう」

「わたしだけかな？」

「わたしがいままで揉んだなかでも、これほどの凝りは初めてでございます」

「やはり、そうか」

吉宗の声に喜びの調子があった。

それ見ろ、という気持ちである。

いままで、周囲の者が自分の凝りのつらさをわかっていないのではないかと疑っていた。

逆に、肩の凝りなどは誰にもあるもので、つらいなどと思うのは、単なるわがままなのかという気持ちもあった。

だが、いままで数知れぬほど多くの人間を揉んできた揉み治療師にしても、初めて出会った凝りなのである。

稀（まれ）に見るひどい凝りなのである。

「天下を引き受けた重みでございましょう」

銀内はさらに言った。

——よくぞ申してくれた。

吉宗は胸が熱くなった。

天下を引き受けた重み。漬け物が感じる石の重みとは訳が違うのである。それはこの国において、徳川吉宗ただ一人が味わう日本国の重みだった。

それで凝らないほうが不思議ではないか。

「わしは、あまりのつらさに天がバチをお与えなのかと不安を覚えたほどだった」

吉宗は、揉まれながら、つい愚痴（ぐち）った。

「ははっ」

水野や大岡たちは畏（おそ）れ入った。

「だが、バチではないのかな？」

吉宗は銀内に訊（き）いた。

「そうではございますまい」

「そうか」

「人並外れたご心労が、このような凝りになるものと推察いたします」

「む」

吉宗は満足げにうなずいた。

このやりとりに、大岡は軽く眉(まゆ)をひそめた。

上野銀内は思っていたよりも口がうまい。上さまをいい調子で機嫌良くさせている。

手八丁口八丁(てはっちょうくちはっちょう)とは、こいつのことだろう。

これだと揉みながら上さまに何を吹き込まれるか、わかったものではない。

――この先、決して二人きりにさせてはならぬ。

大岡は改めて己に言い聞かせた。

「普通はここに肩井(けんせい)というツボがございます。だが、上さまのツボはここにあるようでございますな」

銀内はそう言いながら、肩から少し背のほうに下ったあたりを親指で押した。

「うおおぅ」

吉宗の頭頂から、何か邪悪な気が抜けて行ったような、狼が餌(えさ)に不自由しない飼い犬の座を得たような、喜びの叫びが上がった。

「効きますでしょう？」

「効くなんてものじゃないぞ」

銀内はそこをしばらく揉んでから、

「上さま。少しご休憩(きゅうけい)を」

そう言って、吉宗を横にならせた。

「ここまで凝っておられると、揉まれるのも疲労になりかねません。焦(あせ)らず、ゆっくりと凝りを治して参りましょう」

「さようか。大岡、よき者を連れて来てくれた。今後、凝りの治療は銀内に任せることにしよう」

吉宗は横になったままで言った。

どうやら上野銀内は、全幅(ぜんぷく)の信頼を勝ち得たらしかった。

二

「ところで、上さま……」

銀内は、横になっている吉宗に話しかけた。

「なんじゃ？」

「湯には毎日、お入りですか？」

「うむ。毎日入っておる」

夕方の湯あみは、吉宗の日課になっている。

湯殿は、本丸表からなかに入った中奥(なかおく)の休息所の北側に位置している。

さすがに広い。

まず、床の間(とこのま)が付いた八畳間がある。お上がり場といわれる部屋である。

これにつづいて、八畳分の板の間があり、この中央に楕円(だえん)のかたちをした風呂桶がある。湯はここで沸かすのではなく、沸かした湯を運んで来て入れてあるのだ。

この先に、やはり八畳分の板の間があり、ここは洗い場になっていた。

本丸のなかにあるので、真っ暗かと想像しがちだが、左右両側に窓があるので意外に明るい。窓は中庭に面していて、いまの季節は湯に入りながら、整った庭の景色が翳りゆくさまも眺められた。

将軍というのは、湯殿においても一人にはならない。いや、なれない。絶えず家来や小姓が、文章から外せない濁点や句読点のように付き従うのである。

湯殿では、小納戸役の家来たちが、将軍の世話をする。将軍は身体さえ自分では洗わない。家来たちがぬか袋を持って、身体の隅々まで磨き上げる。なんと下腹部までもである。迷路のごとき皺々のあいだまでもである。

ただ、吉宗だけは紀州藩で庶子とされた時代もあったせいか、

「そこは自分で洗うわ」

と、断わっている。

湯から上がっても、将軍は身体を拭くことさえしない。小納戸役の家来たちが、何枚も浴衣を使って水けを取っていく。その間も、突っ立ったきりなのである。

異常だが、将軍にはその異常さがわからない。生まれついての将軍ではなかった吉宗は、最初こそ異常さを感じたが、いまでは慣れっこになってしまった。

「湯では、手足を存分に伸ばせますか？」

銀内は訊いた。

「いや。そこまで広くはないな」

熱海の温泉を運んで来ても、しょせん浸かるのはいつもの風呂桶である。

「いい湯じゃのう」

と満足していたが、じつは広々とした湯舟に浸かる温泉ならではの爽快さは、味わっていなかったのである。

「湯舟は大きいほどよろしいのですが」

と、銀内は言った。

「む……」

吉宗は眉をひそめた。

それは天下の征夷大将軍であるから、しようと思えばいくらでも大きな湯舟にすることはできるのである。

八畳間をすべて湯舟にすることだってできるし、なんなら池一つを丸ごと湯舟にすることだってやれてしまう。湯舟に猪牙舟を浮かべることだって。

だが、吉宗は質素倹約を旨としてきた為政者なのである。家臣や民に推奨するだけでなく、自らそれを実践さえしてきた。

そんな男が、手足を存分に伸ばせるような湯に入れば、質素倹約もしょせんは掛け声だけかと思われてしまうだろう。

だから、意外に小さな湯舟で我慢している。じっさい、巨体の吉宗には狭いくらいで、丼（どんぶり）に入れられた亀のような、あるいは丸い小皿に載せられた秋刀魚（さんま）の塩焼きのような趣（おもむき）すらある。

そのかわりと言ってはなんだが、熱海の湯の献上を頻繁（ひんぱん）にさせてきた。それはこの数年苦しんできた凝りへの対症療法ということで、自らに許したささやかな贅沢（ぜいたく）のつもりだった。

「湯は真水（まみず）を沸かしたものでございますか？」

銀内が訊いた。

「そうじゃな」

いまは、城内の井戸から汲み上げた水を沸かしているはずである。

熱海の湯はまだ届いていない。それどころか、もう熱海の湯は期待できないかもしれないのだ。

吉宗はお庭番の頭領である川村一甚斎から、熱海の湯の穢れについて、直接、報告を受けていた。なぜか肥が混入したのだという。

なにゆえ、そうしたことが起きたかを探るため、湯煙り権蔵と腕利きのくノ一を再度、向かわせたとのことだった。

また、熱海の湯の替わりとして検討された草津や箱根の湯も、それぞれ不具合が確認された。

そんなことは知るはずもない銀内が、

「温泉なども、お身体に合うものなら、かなりの効果が期待できます」

と、言った。

「であろうな」

吉宗はうなずくだけにした。

熱海の湯の異変について、銀内に話してもそれは詮無いことであった。

「湯に入ったあと、小姓などにお身体を揉ませたりしておられますか？」

銀内はさらに訊いた。

「そうだな」

中奥で寝るときは、湯殿から休息所に入り、そこで小姓や茶坊主に身体を揉ませた。

大奥に用事があるとき——用事といってもそれはある限られた用事だが——は、そのまま大奥に入り、休息所に横になって、奥女中たちに揉んでもらった。

つい、ちょっかいを出してしまったことも、ないとは言えない。

「それはおやめになったほうがよろしいかと。下手に揉まれると、かえって悪化いたします」

「たしかにな」

「今日はこのあと、揉み返しが来るやもしれませぬので、できるだけゆったりとお過ごしください。わたしはまた後日、参上いたします」

「わかった」

吉宗は満足げにうなずき、

「ところで、そなたのこのような見事な技、流儀というものはあるのか？」

「流儀でございますか？」

「誰か師はおるのか？」

吉宗がさらに訊くと、大岡が、

「えへん」

軽く咳払いをした。

その微妙な気配を察した吉宗は、

「なんだ、大岡？　感じが悪いぞ」

と、咎めた。

「いや、そ、それは秘伝ということだそうで」

大岡は言った。

「なるほど、秘伝の技か」

吉宗は納得したのだが、稲生が、

「あいや、大岡どの。余人に施すならともかく、これは上さまに対してなさる施術だぞ。いいように見えて、じつは病を呼び起こすような、恐るべき技もないとは限るまい」

と、異議を唱えた。

大岡と稲生はともに大名ではなく旗本の身分で、当人たちは気づかない敵愾心もある。

「なんと」

「誰に習ったかくらいは語ってもよかろう」

それも理（ことわり）だろう。だが、銀内の師は天一坊（てんいちぼう）である。その名は出したくない。

大岡は窮地に陥（おちい）った。

と、そこへ――。

「申し上げましょう」

助け舟を出したのは銀内だった。

「わたしの師は、名もなき山伏（やまぶし）たちと申してよかろうかと存じます」

「ほう、山伏とな」

吉宗は興味を示した。

「わたしが視力を失う以前は、山伏をしておりました。ご承知のように、山伏には過酷な修行がつきものでございます。険しい山を猿のように登り、百叩きの刑のように滝に打たれもします。身体の凝りや痛みは必ずついて回ります。そこで、凝りや痛みを解消する揉み治療の技が練り上げられたのも当然でありましょう」

「なるほど」

「わたしは過酷な修行が災いして、次第に視力を失いましたが、逆に揉み治療に励み、このような技を得るに至ったのでございます」

「そういうことであったか」

吉宗も、そして稲生正武も納得した。

大岡はホッとすると同時に恐ろしさも感じた。

銀内は、こうしたことを訊かれるであろうことも想定していたのだ。それで、答えも用意しておいたのである。

おそらく銀内一人の知恵ではない。背後には山内伊賀亮がいる。

大岡は、天一坊という若者が純真な心を持っているのは信じられる。それはあの湯屋でのふるまいを見ればわかることである。

だが、山内というのは天一坊のただの信奉者なのか。いや、相当な策士ではないか。天一坊をかつぎ、なにやら己の野望を実現しようとしているのではないか。

「では、わたしはこれにて失礼つかまつります」

銀内は退出しようとする。

「うむ。次も頼むぞ」

吉宗の期待が籠もった言葉にうなずき、銀内は小姓に手を引かれて退出して行った。

「ん？」

吉宗は寝転んだまま、残っている重臣たちを怪訝そうに見た。

大岡はともかく、水野たちの用事は済んだはずである。

「そなたたち、なぜ、帰らぬのだ？」

もう帰れという意思が、言外にある。

「上さま。お忘れでしょうか。本日は例の箱をお開けになる日でございます」

水野が申し訳なさそうに言った。

「あ、そうであったな」

吉宗は、むくりと身体を起こした。

三

例の箱とは、後に〈目安箱〉と呼ばれるものである。目安とは、基準ではなく、訴状という意味である。

誰であろうと、この箱に訴状を入れておけば、将軍に直訴することができるのだ。

民への甘言ではない。

嘘偽りなく、将軍吉宗が自らその訴状を開封し、目を通すのである。

吉宗の英断、善政の一つであろう。

小石川養生所も、小川笙船という町医者がこの箱に投函した訴状をきっかけに設立された。

また、浪人が投函した訴状によって、新たに開発が期待できる荒地が見つかったこともある。

かなりの実績を上げてきたのだ。それも吉宗が訴状をちゃんと読み、担当者に相応の対策を命じたからだろう。

箱は毎月二日、十一日、二十一日の三度、辰ノ口にある評定所の前に置かれる。訴状は正午までに投函しなければならず、箱はそのまま吉宗のもとへ届けられる。

箱はほぼ真四角で、一辺が二尺余（約六十センチメートル）もある大きなものである。銅板が張られ、頑丈なつくりになっている。カギもかけられ、途中で誰かがこれを開けたりすることなどできなかった。

中次の者がこの箱を運んできた。

小姓がカギを開き、訴状の束を取り出した。

「そなたたちの悪口があるやもしれぬぞ」

吉宗は水野や大岡たちを見て、意地悪そうにニヤリとした。

「上さま。脅かされますな」

おとぼけ安藤がそう言ったが、けっこう顔は引きつっている。

じっさい、名を挙げての悪口や、あるじや上役への不満なども少なくないのだ。なにせ役人たちの上司への不満が多過ぎて、数年前からは、

「この箱は、百姓や町人たちのためにある」

として、旗本や御家人の訴状が禁じられたほどである。役人くらい暇で、不平不満の多い職業はない。

訴えは、どんな内容でもいいが、ただし住まいと名は明記しなければならない。

「どれどれ」

吉宗は訴状を開封するとき、いつもわくわくする。なかには思わず噴き出してしまうような訴えもある。庶民というのは、まったくとんでもないことを考えるものである。

最初の訴状を開封し、一読した吉宗は、思わず苦笑して、

「くだらぬのう」

と、言った。

「なんでございましょう？」

と、ほめ殺しの水野が訊いた。

「む。これは、日本橋の室町に住む商家の隠居からの訴状なのだがな、犬に着物

を着せることを禁じて欲しいというのじゃ」

「犬に着物を、でございますか?」

「同じ室町の高松屋という呉服屋の女将が、狆を飼っていて、この狆に浴衣を着せて歩いていたのだそうじゃ」

「ははあ」

「この隠居は、犬ごときに着物を着せて歩くのではないと注意したそうな。すると、あたしの勝手でしょ、と逆に怒ったそうじゃ」

「なるほど」

「しかも、近ごろはこの女将の真似をして、狆に着物を着せるおなごが数人、出てきたらしい。それでこの隠居が言うには、世のなかには満足に着るものさえない貧しい人間もいるというのに、犬ごときに着物を着せるなど、なんたる贅沢三昧。ぜひ、ご公儀でこうした贅沢を取り締まってもらいたいというのじゃ」

「そういうことでございますか」

　水野は神妙にうなずいた。

「だが、大奥にもいるぞ」

と、吉宗は言った。

「狆がでございますか？」

「うむ。その狆に着物を着せているおなごもいた。わしは、馬鹿馬鹿しくて笑ってしまったがな」

「確かにじっさい見たら、笑えるでしょうな」

「そんなくだらぬことまで、いちいちお触れなど出していられるか」

「では、その訴状は無視いたしますか？」

「ま、せっかくの訴状だから、無視はせぬほうがよかろう。そうじゃな、室町の町役人に連絡して、こう答えさせておくがよい」

吉宗がそう言うと、小姓が筆を取り、吉宗の答えを筆記する構えに入った。

「犬に浴衣を着せるくらいは大目に見てやるがよい。ただし、犬に十二単を着せるようになれば、公儀も処罰を検討いたそうとな」

吉宗のこの答えに、一同、膝を叩いて笑った。

吉宗は、次の訴状を開いた。

これは一読すると、

「わっはっは」

と、呵々大笑した。

「愉快な訴えがございましたか？」

おとぼけ安藤が訊いた。

「うむ。芝の浜松町で版木職人をしている茂助という男の訴えなのだが、同じ六右衛門長屋に住むお染という女は、まずい面をしているくせに、やたらと色目を使ってくるのだそうじゃ」

「ははあ」

「しかも、よく見ていたら、お染は自分にだけでなく、長屋の男すべてに色目を使っているらしい」

「それでなんだというのでございますか？」

「そうしたふるまいをする女は、しかるべき場所へ閉じ込めてもらいたいと。そうでないと、苛々して、日々の仕事にも差し支えがあるとこぼしておる」

「結局、まずい面などと申しながら、色目にやられているのではないのでしょうか」

　と、安藤は推察した。

「なるほど」

　吉宗がうなずくと、

「それは色目を使われるのが嫌なのではなく、他の男にも使うのが気に入らないのでございましょう」

　と、ケチの稲生は言った。

「それにしても、馬鹿馬鹿しい訴えでございますな。上さま、今後はくだらぬことを訴えるなと、箱のわきに書いておきましょうか？」

　大岡が提言した。

　すると吉宗は、

「だが、それがくだらぬことかどうかは、人それぞれであろう。この者にとっては、お染の色目は重大事なのだろうし」

　と、言った。

「たしかに」

「直訴を許すというのは、こういう訴えもすべて受け付けるということだ。多少、煩瑣になるのは致し方あるまい」

「御意」

「さて、返答だがな。大家の六右衛門から茂助にこのように言わせることにいたそう。お前のような抜け作にも色目を使ってもらえるだけ、ありがたく思え、とな」

これにも一同、手を叩いて笑った。

この日の訴状は、ほかに、

「江戸では、そばの人気が高く、うどんはいまいちである。そこで、うどん人気を盛り上げるため、そば親仁をやっつける、うどん小僧という妖怪を出現させたいので、許可をいただきたい」

とか、

「雨の日に高さ八寸（約二十四センチメートル）もある下駄を履く者がいるが、高い下駄は道を荒れさせる。下駄の高さは二寸（約六センチメートル）までというお触れを出していただきたい」

などがあった。

最後の訴状を開けながら、

「どうも、今日の訴状はわしの目から見て、些細(ささい)なことに目くじらを立てているような気がするのだが、どうじゃな?」

と、吉宗は訊いた。

「はい、そうした傾向は感じます」

水野がうなずいた。

「民がお互いに対して、寛容(かんよう)な心を失いつつあるとしたら、由々(ゆゆ)しきことじゃがな」

「なるほど。それは気をつけて見ていくことにいたします」

「そうしてくれ」

吉宗はうなずき、最後の訴状に目をやった。

「ほう」

この日初めて、吉宗の目に真摯(しんし)な光が宿った。

「上さま、何か？」

大岡が訊いた。

「湯屋というのは、大変な仕事なのか？」

「湯屋でございますか？」

大岡はドキリとした。すぐに、湯屋で治療をしている天一坊のことが思い浮かんだからである。

「巷には多いのだろう？」

「多いですね」

後に一町（約百十メートル）に二軒と言われるほど増えた江戸の湯屋だが、吉宗の時代は水の事情が悪いため、そこまで多くはない。だが、日本橋や神田といった江戸の中心では、すでに多くの湯屋があった。

「どうやら、働きづめらしいな」

「まあ、忙しいことはたしかでございましょう」

「わしも一度、湯屋に行けと申しておる」

「なんと、無礼な」

大岡は顔をしかめた。

だが吉宗は怒るどころか、こう命じたのだった。

「いや、面白そうだ。この、い組の丈次と申す者の訴え、詳しく検討してみよ」

第八章　熱海の曲者たち

一

お庭番の湯煙り権蔵と、くノ一のあけびは、お頭の命を受け、またも熱海にやって来た。

熱海の源泉は大湯と呼ばれるが、そのすぐわきにある湯宿の〈鈴木屋〉に逗留することにした。

日本橋室町にある油問屋〈吾妻屋〉の隠居・権蔵と、女中のあけびというのが、偽りの身分である。

最初、あけびは権蔵の妾ということにするというので、ここに来るまで大喧嘩になった。

「道中手形がそういうことになっているので、どうしようもあるまい」

と、権蔵は言った。

「なっているって、権蔵さんがそんなふうに申請したんじゃないの」

あけびは猛然と抗議をした。

そういう関係にされたら、権蔵になにをされるかわかったものではない。

「それは、わしくらいの歳の男と、あんたくらいの歳の女がいっしょに温泉に来たら、誰だってそう思うだろうが。だから、そういうことにするのがいちばん自然なのさ」

「そんなことない。中風（ちゅうぶう）を患（わずら）ったご隠居さまと、付き添いの女中だってことにしても、誰も疑わないよ」

「馬鹿だなあ。わしが中風なんてことにしたら、自在に動き回るのが不自然になるだろうよ」

「どっちにせよ隠居なんだから、よろよろ歩くんでしょうが」

「足の達者な隠居なんだよ」

「女中でいいでしょ。隠居と女中だって、いくらでもあるんだから」

「隠居に付き添う女中の七割は妾だぞ」

なんの根拠もない数字まででっち上げるのが、この年代の男の得意技である。

「そこまで言うなら、あたしは帰る」

あけびは本気で言った。

「仕事を投げて帰ったら、即、牢屋行きだぞ」

権蔵は脅しにかかった。

「かまわない。その代わり、お頭には、権蔵に変なことをされたと訴えるから」

「おい、それはよせ」

権蔵は慌てた。

お頭からは、「もしもあけびに手を出したら、裏切ったとして討っ手を出すからな」と、きつく念押しされているのだ。

「じゃあね、権蔵さん」

「待て。わかった。女中でいい」

権蔵が折れ、道中手形も書き換えた。

熱海の温泉宿は、あんなことがあったあとだが、どこも営業をつづけている。

将軍さまに届けることこそできないが、その源泉を引いた湯に、下々の者が入るのには問題ないと判断したのだろう。

むろん、肥が混じっているなんて話は公にはしていない。じっさい、毎日見ている湯戸の者だからわかったので、遠くから来る泊まり客にはまったくわからないらしい。前よりも肌が艶々するようになったという客の声すらある。作物の肥やしになるくらいだから、そういう効果があっても不思議はない。

権蔵とあけびは、鈴木屋に入ると、まずは湯に浸かってみることにした。

湯は、半露天のようなつくりで、半分くらいまでは屋根と板塀で覆われているが、その先は屋根も塀もなく、海が見えている。

青い海の真ん中には、ぽつんと緑の島が浮かんでいる。ここからだと二里半（約十キロメートル）くらい離れているか。初島という名で、舟で渡り、釣りを楽しむこともできるらしい。

鈴木屋の湯は、五十人くらいが一度に入れそうなほど大きい。石組みがされ、下にも石が敷き詰められている。

宿のなかには、単に地面を掘って湯を引き込んだだけの、素朴なつくりのところもあるらしい。それはそれで、鄙びた味わいが楽しめそうだと、あけびは思った。

脱衣場も湯も、男女共用である。脱衣場のほうはいちおう真ん中に衝立があって、なんとなく男女は分かれるが、湯にはそんなものはない。

この前、あけびは会津東山の温泉では素っ裸で入って、権蔵に身体を見られてしまった。今日は警戒して、湯文字をつけ、胸を手で隠しながら、湯に浸かることにした。

権蔵がこっちをちらっと見て、露骨にがっかりしたような顔をしたので、

「ふん」

と、あけびはそっぽを向いてやった。

湯に足を入れ、ゆっくり身体を沈める。

肥が混じっていると思うと嫌な気持ちだが、だいぶ薄れているはずだと権蔵は言った。臭うようなら、あとで水でも浴びればいいだろう。

いい気持ちである。日々の疲れが溶け出していくような気がする。

くノ一というのは、とくに疲れるのだ。

日々の鍛錬は厳しいし、仕事となれば命がけで、気の休まるときはない。

だが、いまは身分も仕事も忘れて、温泉を堪能することにした。

「ああ、いい湯ねえ」

あけびは思わずつぶやいた。

「おい、あけび」

権蔵が向こうから呼んだ。

あけびはできるだけ離れて湯に浸かったので、権蔵とのあいだは三間（約五メートル）ほどある。

「なんです、ご隠居さん？」

「もっと、こっちへ来い」

権蔵は手招きをした。なんて図々しい言い草だろう。

昼のうちで客は少ないが、それでもほかに三人ほど湯のなかにいる。その三人はそれぞれ、こっちをちらりと見た。二人の関係を見定めようというのだろう。

「嫌ですよ」

と、あけびは拒否した。

「嫌とはなんだ。女中だぞ、お前は」

権蔵は、ほかの客の前であけびを貶めるような調子で言った。妾ではなく、女中にした仕返しらしい。初老のおやじはけっこう根に持つのだ。

「女将さんからきつく言われたんです。湯に入るときは、あまりご隠居さまには近づくなと。ご隠居さまはなんだかんだと言い訳して、すぐに身体を触りたがるからって」

もちろん、つくり話である。

ほかの三人の客がクスッと笑った。

「わしゃ、そんなことはせん」

「じゃあ、ここでいいでしょ」

「お、お前と話があるのだ」

「どうぞ」

と、あけびは言った。

忍者は声など出さなくても、いくらでも話はできるのだ。読唇術というやつ。

「もう、よいわ」

権蔵は本気でむくれた。

あけびは声を出さずにひとしきり笑ってから、

「権蔵さん。湯はまだ穢（けが）れてる？」

と、唇の動きだけで訊いた。

「いや。今日はきれいだな」

権蔵も声は出さずに唇の動きだけで言った。

「あのときだけってことはないよね？」

「宿のあるじの表情を見ても、まだ完全に抜けたわけではないと思うぞ」

「そうだね」

原因を探らなければならない。

二

「いやあ、熱海の湯はやはりいいですなあ」

権蔵は大きな声で言った。他の三人の客と話がしたいのだろう。

「そりゃあ、日本一だよ」

権蔵の近くにいた老人が、自慢げに言った。

「日本一とまでは、簡単には言えんでしょう」

権蔵がそう言うと、

「何を言うかね。あたしは箱根の湯も、修善寺の湯も、土肥の湯にも浸かったが、やっぱり熱海の湯がいちばんんだ」

老人は自分が日本一温泉に詳しい年寄りだとでもいうように、偉そうな調子で言った。

──まずいなあ。

あけびはハラハラし始めた。

道中、さんざん聞かされたが、権蔵は日本中の温泉を訪ね歩いている。権蔵しか知らないという湯もあれば、ほんとかどうか知らないが、権蔵が掘り当てた湯もあるのだという。

「温泉を掘り当てるというのは、行基とか空海とか霊力を持つ偉人にしかできないことなのだ」

とも言った。

権蔵が偉人にはまったく見えないが、それは言わずにおいた。

そんな権蔵だから、温泉通を自慢するやつが大っ嫌いなのだという。

「おれに向かって温泉通ぶるやつがいたら、けちょんけちょんにやっつけてやる」

と、息巻いたりもした。

まさに、この老人がそうだろう。

「ほう。ご老人はどちらから？」

権蔵は意地悪そうな顔で訊いた。

「わしの家は小田原では少しは名の知れた提灯屋さ。わしは五年前に隠居して以来、全国の温泉を巡っている。まあ、温泉通というのはわしのことさ」

「なるほど。だが、さっき挙げたのは、いずれもこの界隈の温泉ばかりですな。蝦夷の登別にある温泉には入ったかな？」

「え、蝦夷……」

「あるいは、薩摩は霧島山中の硫黄泉は？」

「さ、薩摩……」

「その薩摩の離れ小島である硫黄島の黄色い湯には？　あるいは伊豆の離島の式根島に湧く海辺の温泉は？　長崎の壱岐の島にちょろちょろと湧く赤い湯には入ったかな？」

権蔵はムキになって訊いた。

権蔵が矢継ぎ早に繰り出した温泉を、老人はどれも知らないのだろう。急にしょんぼりして、俯いてしまった。

権蔵は勝ち誇った顔をしている。

そんな権蔵を見ながら、あけびは、

——これだから、こだわりのある男というのは嫌なのよね……。

と、思った。

物ごとにこだわるのは、いい面もあるが、人間の小さいところが見え隠れする。他人からしたらどうでもいいようなことに、細かくしつこく執着することが、通の資質であり、立派な知識を持つ証であると思い込んでいる。そういうやつこそ面倒臭いし、ひいては馬鹿じゃないかと思う。

やっぱり男は、なにごとにもこだわらない、おおらかな人がいい。

他の二人の客も、権蔵の剣幕に嫌な気分になったらしく、遠ざかるようにしていたが、そのうち別々に出て行ってしまった。

一人は若い男で、もう一人は中婆さんと言える女だったが、若い男はぱっと見でもわかるほど、筋骨隆々だった。

権蔵がおとなしく入っていたら、あの逞しい肉体をもう少し観賞できたのにと、あけびは権蔵が憎らしくなった。

当の権蔵も、ついムキになってしまったのを、いまごろになって恥ずかしく思ったらしく、

「いや、熱海の湯がまれに見るほどいい湯であることは間違いありませんがね。あっはっは」

と、笑って場を取りなそうとしたが、すでに遅いのである。

さっき温泉通を自慢した老人も、黙ったまま出て行ってしまい、あとには権蔵とあけびが残された。白けた空気が漂っている。温泉がただの水たまりになった

みたいに味気ない。

「ちと、大人（おとな）げなかったかな」

権蔵は、頭を掻きながら言った。

「ちと、どころじゃないわよ。いい歳こいてムキになって、みっともないったらありゃしない」

「ま、そう怒るな。それより、暗くなったら大湯を見張るからな」

「わかってる」

「近づき過ぎて火傷（やけど）するなよ。熱海の湯はこれ以上熱くはならないというほどの熱湯で、しかも、突如として噴き上げたりするからな」

「そうなの？」

熱海の湯は、間歇泉（かんけつせん）である。

潮の満ち干（ひ）に合わせて、昼夜、六度、規則正しく熱湯を噴き上げた。ただ、この噴出は明治から大正になると止まり、大正十二年（一九二三）の関東大震災で再び復活したが、その後は徐々に出なくなってしまった。

三

暗くなって――。

権蔵とあけびは、宿を抜け出すと、大湯を見張りにやって来た。

もし、熱海の湯に肥が混じるのなら、地下から染み出るか、誰かが入れているか、どちらかである。地下から染み出ていたらどうすることもできないが、人の手によるものなら、それをやめさせなければならない。もちろん、下手人(げしゅにん)は捕まえ、江戸に連れて行くことになろう。

二人とも、浴衣(ゆかた)姿に手拭(てぬぐ)いを肩にかけ、湯治(とうじ)の客を装っている。

二手に分かれ、あけびが石垣と柵で囲まれた大湯のすぐ近くを、権蔵はもっと遠巻きに、さりげなくそぞろ歩いた。

不自然ではない。

いかにも湯上りの散策である。

海風が心地(ここち)よい。月が海の上に出ていて、見渡す限り波がきらめいている。初島を岩に見立てれば、これは枯山水にも負けない幽玄の庭だろう。

——いいわねえ、湯治場の夜。

あけびはつい、うっとりしてしまう。何も起きなかったら、もう一風呂浴びて寝ることにしよう。ご隠居さんが夜中に悪さするからと説明し、宿の女中部屋に布団を敷いてもらった。安心してぐっすり眠れるはずである。

まったく、仕事とはいえ、ああいう嫌らしいおっさんと旅をしなければならないとは、つくづく、くノ一の身分が情けない。早く江戸にもどって、大店の若旦那でもたらし込みたい。

そんなことを考えていたら、闇のなかに、

もあもあ〜。

と、黄土色した臭いが流れてきた。

——肥だ！

大湯の回りを駆けながら、あたりを見渡す。

人影はない。

そのとき、

どどどぉ。

という音とともに、囲いのなかの岩のあいだから、凄い勢いで熱湯が噴出した。

しゅっぱぱぱ〜。

熱湯は飛沫（しぶき）や湯煙りとなってあたり一帯に撒（ま）き散らされる。

あけびも湯煙りと熱気に包まれる。

熱海ならではの一大見世物（みせもの）だが、そのなかにはまぎれもない、懐かしくも親しみ深い下肥（しもごえ）の臭いが混じっていた。

「あっちだ！」

権蔵の声がした。

曲者（くせもの）を見つけたらしい。

だが、いくら月明かりがあるとはいっても、夜の闇のなかである。「あっちだ」という指示は、ないだろう。あっちって、どっちよ？

あけびは闇に眼を凝（こ）らしながら、声がしたほうに走ると、権蔵の影が見えた。

権蔵の後を追って走る。

山のほうへ向かっている。そこは三島に向かう道でもある。

いま、熱海は有名な温泉地になっているが、この時代はしょせん街道から外れた田舎の村で、大湯といくつかの湧き湯を引いた宿以外は、海辺に漁師の家が並ぶくらいの寒村に過ぎない。

すぐに家の並びから外れ、山道になった。

あけびは浴衣をまくり上げ、裾は帯の後ろに挟んだ。尻っぱしょりというやつ。

もちろん、こういう事態も想定し、半袴のようなものを下に穿いていた。

それでも、かなりみっともない姿に違いない。大店の若旦那には見せられない。

浴衣に刀を差したりはできないから、武器は苦無という忍者の万能道具に、鉄でできた扇しか持っていない。その扇には、細身の棒手裏剣を二本仕込んである。

いささか頼りないが、権蔵が刀を持っているからなんとかなるだろう。

その権蔵に追いついた。

「なにがあったの？」

あけびは走りながら訊いた。

「くさい臭いがしただろう？」

「うん」

「すると、神社のあたりに人影があったので、近づいたら逃げ出したんだ」

「何人？」

「わからん。一人ではないな」

「何言ってるの。逃げて行く足音を聞きなよ。下手(へた)したら四、五人ほどはいるよ」

「そんなに？」

その足音がふいに消えた。

かわりに草むらをかき分ける、ざざっ、ざざっという音がしている。道から山のなかに分け入ったらしい。

権蔵とあけびも山に入った。

森のなかである。

月の光も届いて来ない。

それでも鍛え上げた忍者なら、夜行性の獣のように夜目が利く。

逃げる曲者たちを追う。

だが、意外なことに曲者たちも、夜目が利いているらしく、権蔵やあけびでさえ、なかなか追いつけないのだ。

それどころか、あけびは嫌な予感がしてきた。

「権蔵さん、止まって」

あけびは、前を行く権蔵に言った。

「なぜだ?」

「あいつら、あたしたちを取り囲み出してるよ」

「え?」

すでに敵の数はわかった。

五人いる。

そいつらが、森のなかを逃げながらも、権蔵とあけびを取り囲むように広がっているのだ。

「あいつら、襲って来るよ」

「なんだと」

あけびの言った通りだった。

五人はいきなり身を翻(ひるがえ)すと、闇のなかを二人めがけて突進して来た。

「やるのか、貴様たち」

権蔵は喚(わめ)きながら、刀を抜いた。

あけびは、木の陰に回り込み、鉄の扇を左手に持ち、右手で棒手裏剣を構えた。

「たっ」

敵は権蔵めがけて、気合とともに棒のようなもので突いて来た。

「うおっ」

鋭い突きをかわすのが精一杯で、権蔵はすぐに体勢を崩し、逃げ腰になった。

ただの一太刀(ひとたち)すら振るっていない。

——弱っ……。

あけびは呆れた。

皆、刀は持っていないらしい。そのかわり、棒に見えたが、竹槍らしい武器を構えていた。

不利を悟ったあけびは、

「権蔵さん。逃げて！」

叫びながら、権蔵に襲いかかった相手に、手裏剣を放った。

あやまたず、手裏剣は曲者の肩に突き刺さり、権蔵はなんとか竹槍の先をかわして逃げた。

「あけび、お先に」

権蔵の逃げっぷりはたいしたものだった。

四

権蔵とあけびは、大湯のところまで引き返して来ると、ようやく一息ついた。曲者たちも深追いはせず、途中で引き返したらしい。先ほどちょうど噴出していた熱湯も、いまは収まっていた。

「走って汗かいたから、もう一度、湯に入るか」

権蔵はあけびを誘うような調子で言った。

「あたしは嫌」

「さっぱりするぞ」

「だって、肥を入れられたじゃないの」

「ちょっとだけだろう。おれがすぐ、やつらを見つけたんだから」

「ちょっとだけでも、あたしは嫌。それより、権蔵さんて逃げ足早いよねえ」

それくらいの嫌味を言わないと気が済まない。権蔵を逃がすので、あけびはけっこう危なかったのだ。先頭にいたやつが転んだので、どうにか刺されずに逃げることができたのだった。

権蔵は恥ずかしそうに笑うと、

「おれは湯のなか以外で戦うときは、ふつうに弱いんだよな」

と、言った。

「ふつうに弱いって、どういう意味？」

「つまり、歳相応の初老の男」

「ただの爺い？」

「そう、はっきり言うなよ」

さすがにムッとしたらしい。

「でも、そんなに弱い権蔵さんが、なぜ、湯のなかにいるときだけは、無茶苦茶強いの？」

「それはお前も体験しただろうが」

「うん。金縛りにあったみたいだった」

「湯の忍技はあれだけじゃないぞ。いろんな技があるから、湯のなかでは無敵と化すのさ」

「一つくらい教えてよ」

「そりゃあ、教えてもいいが……」

と、権蔵はあけびを舐めるように見た。

「あ、やっぱりいいや」

慌てて断わった。どうせ、条件付きなのだ。

「なんだよ」

「それよりも、曲者のうちの一人は、昼間いっしょに湯に入っていた若い男だったね」

「え？　ほんとか？」

「気がつかなかった？　筋骨隆々で、あのときも只者（ただもの）じゃない気はしたんだけど」

と、あけびは言ったが、じつはあのときは怪しいとは思わず、筋肉に目を奪われただけだった。

「あいつら、やはり忍者だったと思う？」

あけびは権蔵に訊いた。

「筋骨隆々なら忍者より武芸者だな」

「確かに」

忍者は無駄な筋肉をつけて目立ったりはしない。

それに、武器は竹槍みたいなものだけで、手裏剣などは放っては来なかった。

だが、五人は互いに協力し合い、訓練の行き届いた動きをしていた。

何かの一味であることは間違いない。

「でも、こっちが気づいたくらいだから、向こうも湯でいっしょになった者と気づいたよね」

と、あけびは言った。

「だろうな」

「それに、昼間、あの湯舟にいたということは、前から、あたしたちは見張られていたのかも」

「まさか……」

「いや、こっちも、迂闊（うかつ）には動けないよ」

あけびは厳しい顔で言った。

「おい、あけび。さっき、あいつらがいたあたりを、よく調べてみよう」

「そうしよう」

宿から提灯を二つ借りて来た。

そこは、湯前（ゆぜん）神社の境内（けいだい）だった。

湯前神社は、熱海の温泉を守護する神と言われ、南北朝時代には湯明神（ゆみょうじん）の名で記録があるが、成立はもっと前と推定されている。ちなみに、温泉地に神社があるのは熱海だけではない。温泉そのものを神として祀（まつ）った神社は、全国に数多く点在する。

祠（ほこら）の前まで来て、

「まだくさいな」

と、権蔵は顔をしかめた。

「そうだね」

あけびは周りを調べたが、肥桶などはない。

「ここから、どうやって大湯に入れたんだ？」

権蔵は首をかしげた。

あけびは、連中の武器を思い出し、

「あ！　あの竹槍を使ったんだよ！　節（ふし）を抜いた竹槍をつなぐようにして、肥を通したんだ」

「そういうことだ。よく気づいたな」

権蔵は、さもわかっていたような顔で、

「方法がわかれば対策もできる。よし。ここで松明（たいまつ）を焚（た）かせ、夜の番をさせるぞ」

と、偉そうに言った。

さらに見回すと、境内の隅にまだ真新しい小さな石の塔があった。寄進されたもので、これといっしょに金子(きんす)や土地も納められたはずである。

塔には、「天一坊一行(てんいちぼう)」と刻まれてある。

あけびはなんとなく、その名前が気になったものだった。

第九章　策士の陰謀

一

南品川の宿である。

東海道の道沿いではなく、西に坂道を上り、海が見えてきたあたり。近くには、紅葉の名所として知られる海晏寺がある。

ここに、小さな熊野神社と隣接した藁ぶき屋根のお堂があった。もとは農家だったのを改装したらしく、神社よりこちらのほうが大きい。

住んでいるのは山伏で、名を常楽院といった。

「まるで盥の底に目鼻をつけたみたい」

と言われるほど、大きな顔をした山伏である。近所の噂では、もともと京都あたりの武士であったらしい。ただ、右足の膝から下が無く、それが武士を辞めた理由なのか、詳しいことは近所の者も知らない。

この常楽院の住まいは、以前から大勢の山伏が出入りするところではあったが、十日ほど前からは、やけに品のいい若い男と、その取り巻きらしき連中が住み込むようになっていた。

品のいい若い男とは、天一坊である。

だが、昼下がりの刻限であるいま、天一坊はいない。

江戸の町に病人の治療と、説法のために出ているからである。

残っているのは、家来と称する山内伊賀亮と数人だけ。そこへ山伏が一人、訪ねて来た。

「山内さま」

筋骨隆々の若い山伏である。あけびが見れば、湯でいっしょになった男だと、すぐに気づくだろう。

山内は天一坊と出会い、野心を抱くと、仲間になりそうな山伏に声をかけ、味方とした。野心をすべて打ち明けなくても、天一坊の魅力と湯の神大社の建造という名目で、いまではなんでも言うことを聞くようになっている。

「お、これは法真坊。ご苦労であった。どうだな、熱海のほうの首尾は？」

「昨夜も大湯に肥をぶち込みました」

「よし。連中もこれでまた、しばらくは江戸へ運ぼうという気にはなれぬだろう」

山内は、にんまりとしてうなずいた。

「ただ、またも幕府のお庭番らしき者が現われました」

「うむ。今度は詳しく調べようというのだろう」

「竹筒から肥を流し込んでいるところも、見られたかもしれませぬ。我らを追いかけて来ました」

「なんと……」

「だが、誰も捕まったり、大怪我したりはしておりません」

あけびの手裏剣は、さほどの傷は与えられなかったらしい。

「そうか。お庭番は、何人来た？」

「二人です。初老の男と、若いくノ一です」

「くノ一のほうは相当なものでしたが、初老の男は他愛なかったです。竹槍を突きかけただけで、腰を抜かしそうになり、悲鳴を上げながら、くノ一も置き去りにして逃げました。お庭番といえば将軍直属のはず。あんな情けない男もいるのですね」

「腕は立つのか？」

法真坊は呆れた口調で言った。

「それは妙だな。お庭番は、紀州忍者のうちでも生え抜きで、そうひどいのはおらぬはず」

山内は首をかしげた。

「だが、あの逃げっぷりは、お見せしたかったくらいです」

「ふうむ」

山内はまだ解せぬふうである。

すると、隣の部屋で話を聞いていた常楽院が、

「その男、もしかしたら湯煙り権蔵かも」

と、言った。

「湯煙り権蔵？」

「ああ。紀州忍者で、温泉に入って戦うとやたらに強いが、湯から上がれば、ただの助平おやじ。熊野のほうにも、その噂は聞こえていた。湯煙り仙人の弟子でもあったはずだぞ」

「ほう」

山内は感心し、法真坊は、

「ならば、あのとき深追いしてでも始末しておけばよかったですね」

と、悔しがった。

「いや、しなくてよかった。殺したりすれば、詮議が厳しくなるだけで、なんの得もない。それより、熱海はひとまず引き上げるか」

山内が言った。

「よろしいので？」

「うむ。熱海の湯戸の者たちも、湯が穢れたのは重々、承知しておる。だからこそ、お汲湯を止めて、運んで来なくなった」

「はい」

「だが、やつらはそのことを秘密にしている。引き上げる前に、噂をばらまいてもらおう。熱海の湯は穢れてしまったとな」

「わかりました」

「いや、一人くらいは残しておくか。たまに湯を穢したほうがいい」

「一人ではなにもできないのでは？」

「そこは知恵を絞るのさ。方法は考えて、後で伝えよう」

「わかりました」

法真坊はうなずいた。

「箱根のほうはどうじゃ？」

「猿というのは面白いものですな。次から次に真似をして、いまでは箱根中の温泉に猿がぞろぞろやって来るようになっております。言葉も話せぬのに、どうやって伝えるのか」

「うむ。人間にはわからぬ、奇妙な言葉があるのかもしれぬな」

「あの調子では、そのうち湯のなかで鼻唄でもうたいだすかも知れません」

「まさかそこまではすまい」

「しかも、湯に入る猿見たさにやって来る人間も増えておりまして。箱根は秘密もへったくれもありません」

「そりゃあ、いい。うわっはっは」

　山内は愉快そうに笑った。

「あとは草津(くさつ)ですが、これもいったん草津の湯はあたるという話が出ましたら、湯あたりする者がどんどん増えてきまして」

「そうであろう」

「もう、湯の花を足して濃くしたりもしていないのですが、奇妙なものです」

「人というのは、そういうものなのさ。暗示にかかれば、一杯の湯が毒にも薬にもなったりする。また噂というのは、それくらい力があるのさ」

　山内の言葉に、

「さすがに山内さまの計略は凄(すご)いと、一同、感心しております」

　と、法真坊は真顔(まがお)で言った。

「それで、そなたたちがもどったら、今度は江戸で動いてもらうからな。ま、昼飯くらいはゆっくり食べて行ってくれ」

「わかりました」

法真坊が台所へ行くのを見送って、

「よっ、大軍師」

常楽院が、山内をからかうように言った。

「何を言う」

「あるいは、稀代（きだい）の詐欺師（さぎし）野郎」

「ふっふっふ」

「怒らぬのか？」

「ま、しくじれば天下を騒がす不届き者として死罪だろうな」

「その覚悟があるか」

「もちろんだ」

山内は、自分に軍師の才があることは信じている。世が世なら、尊敬する黒田（くろだ）如水（じょすい）のような大軍師にもなれたはずだと思う。

戦（いくさ）の絶えた世をなじりながら、これまでの人生を過ごしてきた。

だが、三年前、天一坊とめぐり会って、世をなじることを止めた。

天はこの山内に天一坊を与えたのだ。

あの玉（ぎょく）を磨き、大勝負に出るつもりだった。天一坊は充分、それを可能にする玉であった。

「凝（こ）りに悩まされている将軍に対し、どうにか薬になっていた温泉と、腕のいい揉（も）み治療師を取り上げてイライラをつのらせる。そこへ新たな救いを与えて、将軍の心に接近する。将軍は天一坊さまを信じる。さらには、自分の意志を継ぐ者と思い込み、大名へ取り立てる。おぬしは家老として国の政（まつりごと）を司る……いままでのところ、そなたの計略通りに進んでいるではないか。おぬしが仲間に引き入れた山伏たちも、よく働いているようだし」

常楽院は、感服したように言った。

「それは進むさ」

と、山内は言った。単に頭のなかだけで練り上げたのではない。将軍のことをできるかぎり調べ上げたうえで練りに練った計略なのだ。

「たいした自信だのう」

常楽院は肩をすくめた。

「だが、油断はせぬ」

山内は、たえず計略に綻びが生じていないか、気を配っている。もし綻びが見つかれば、小さなうちに補修する。

じっさい、当初の計画では、天一坊の裁きは名奉行と評判の大岡越前にやらせ、満天下の注目を集めるはずだった。

しかしそれは、大岡が思ったよりも自己保身の気持ちが強く、巧みに回避されてしまった。

とはいえ、誰が裁きを受け持つにせよ、天一坊の件は大騒ぎになるだろう。

上野銀内のほうも、とりあえずうまく進んでいるが、ここからは慎重を要するのだ。

いま、銀内はつねに見張られていて、吉宗に直接何か吹き込むことは困難である。

とにかく焦りは禁物で、次の手を打つまで、銀内にはひたすら吉宗の信頼を勝ち得ておいてもらわねばならない。

「さすがだな。わしもこんな身体でなかったら、一枚噛ませてもらいたかったんだが」

「なあに、ここへ置いてもらえるだけで、充分さ。それに、あんたには湯煙り仙人を紹介してもらったしな」

「そうだったな」

「さて、出かけるとするか」

山内は立ち上がった。

「江戸市中か？」

「根津(ねづ)までな」

「それは遠い。帰りは遅くなるのか？」

「たぶんな。天一坊さまをよろしく頼む」

常楽院に世話を頼み、山内伊賀亮は街道筋に出ると、ひたすら北に向かって歩いた。

策を練るには、事情を詳しく知らなければならない。その将軍周辺の事情に通じた者と、根津に行けば会えるのである。

不忍池(しのばずのいけ)を過ぎると、町全体がどことなく陰鬱(いんうつ)な感じがしてきた。谷間の町だからか。

日本武尊（やまとたけるのみこと）が創祀（そうし）したと伝えられる根津神社は、六代将軍家宣（いえのぶ）の産土神（うぶすながみ）とされたため、大勢の参拝客を集めるようになった。

また、門前町には妓楼（ぎろう）が並び、知る人ぞ知る花街（はなまち）になっている。

その妓楼の二階にある賭場（とば）に、思いがけない人物が通って来ているのだった。

二

なんと、妓楼が鳥居（とりい）のすぐわきにあった。

江戸では寺社と花街は親しい間柄だが、鳥居のすぐわきに妓楼とはどんなものか。刺身のつまに羊羹（ようかん）を使うくらい違和感がある。

屋号は〈増田屋（ますだや）〉といい、界隈（かいわい）ではもっとも大きな妓楼である。遊女の人柄や衣装は、吉原（よしわら）と比べたら相当に品がないとされる根津のなかで、上客を摑（つか）んでいる。

「おや、山内さま。いらっしゃい」

入口で顔なじみの遊女に声をかけられたが、軽くうなずくだけで階段を上がった。白粉の匂いが長いあいだ染みつき、壁まで白粉臭い。

廊下の突き当たりの前で、若い衆がなりたての掏りみたいな目つきで番をしている。やたらな者はなかへ入れない。

だが、山内の顔を見ると、若い衆はうなずいて、戸を開けた。

十畳間が二間つづきになっていて、奥の部屋で博奕がおこなわれていた。賽を使った丁半博奕である。

まだ七つ（午後四時）にもなっていないのに、たいそうな混雑である。

山内は室内を見回すと、すぐに目当ての男を見つけた。男は、しなびた蜜柑のような、しかめ面をしていた。

千代田城本丸の茶坊主頭、児島曹純だった。

「よう」

山内はわきに近づいて声をかけた。

「おう、おぬしか」

児島は、顔なじみの登場にホッとしたらしい。

「また負けが込んでいるのか？」

「ついてないのだ。だいたい夏になると、わしの運気は悪くなる」

「だったら、夏はやらなきゃいいだろうが」

と、山内は諌めるようなことを言った。

そんなことを言っても、児島が博奕をやらずにいられないのを知っているからである。

この世には、どうしたって博奕に嵌まってしまう男がいる。酒飲みが酒を求めるよりも強く、博奕のとりこになってしまう。この手の男は、おそらく心の底では、身を持ち崩したいのだ。破滅を望んでいるのだ。

「いや、悪い運気から脱却する方法というのが、なにかあるはずだ」

児島は目を血走らせて言った。

茶坊主とはいうが、頭を丸めているだけで、本当の坊さんではない。身分は、町方の同心などといっしょで、ごく低い。戦場に出れば、足軽程度に過ぎない。

ところがこの茶坊主たち、懐具合のほうは大変よろしかった。

茶坊主は、なにゆえに懐具合がいいのか。

　それは千代田のお城にこの茶坊主たちがいなかったら、やって来る大名たちばかりか、あるじの将軍でさえも、広い本丸のなかで右往左往しなければならなくなるからである。

　お城の本丸というのは、とにかく広い。町場でいうと、一丁目と二丁目を合わせたほどのところに、べったり部屋と廊下が敷き詰められている。しかも、造りも似たようなもので、本丸表の襖絵は松か虎と決まっていて、それでますますいまいるところをわかりにくくする。まさに迷路なのだ。

「なんとかの間に行くように」

　と言われても、とても陽のあるうちに辿り着くことはできない。虎に喰われる夢を見ながら行き倒れなんてことになりかねない。

　ところが、茶坊主はちゃんとわかっていて、

「ささ、こちらへ」

　と、案内してくれるのだ。

　そこで大名たちは、城内で迷子にならないため、あるいは遅刻して上さまの不興を蒙らないため、茶坊主たちに付け届けをするわけである。

この実入りが莫大なのだ。

児島曹純は茶坊主の頭だから、実入りも一頭地を抜いている。それで博奕好きだから、半端ではない金子を賭場の胴元へ献上しているのだった。

「悪い運気から脱出する方法か」

山内は思わせぶりに微笑んだ。

「頼む。教えてくれ」

児島は山内に手を合わせた。

「やはり、賽の出目を読むしかあるまい」

「それが読めないから、皆、苦労しているのではないか。だが、おぬしは読めるのだろう」

「まあな」

「読んでくれ」

「まったくしょうがないな」

と、山内は言い、壺振りの女の手の動きをしばらく眺めてから、

「よし。出目が変わるぞ。次と、またその次で、半のほうに大勝負をかけてみ

ろ。いままでの負けを取り返すつもりでな。それで勝ったら、またしばらくは勝機はない」

「次から二度、半だな」

山内が隣の部屋で茶を飲みながら結果を待っていると、児島は嬉しそうにやって来て、

「やっぱり、おぬしは博奕の天才だな」

と、つくづく感心して言った。

「博奕と言うな。わたしは勝機を見る才に恵まれているだけだぞ」

山内はムッとしたように言った。これも小芝居である。

「怒るな怒るな。わしはおぬしが羨ましいのさ」

児島はそれでも負け分を取り戻して、ホッとしたようすである。どうやら、三十両（約二百四十万円）ほど負けていたらしい。

「ところで、上さまのお具合はどうだ？」

山内は、さりげなく訊いた。

「ああ。南町奉行の大岡さまが、恐ろしく腕のいい揉み治療師を見つけて来ら

れてな。凝りは徐々に取れてきているみたいだ」

「ほう」

「わしらが揉むのとどこが違うのかな」

児島は不思議そうに首をかしげた。

下手なやつが、力を込めて揉めば、凝りをほぐした分、ほかに凝りをつくる。人体のもぐら叩きみたいなもので、いくらやっても無駄なのだ。

「やはり違うのさ」

「あんなにガチガチに凝ってしまって、一時はどうなるかと思った。あんなときに誰かがしくじりでもしでかせば、切腹騒ぎも起きないとは限らないからな」

児島は愚痴った。

「そうか。お城勤めも楽ではないな」

「楽なわけがない。わしも早く金を貯め、おぬしのように気楽な身分になりたい」

「わしが気楽に見えるかね」

山内伊賀亮は、もとは筑前福岡藩の、江戸詰めの藩士だった。

それが十年ほど前、藩内の派閥争いに巻き込まれて、国許(くにもと)に呼びつけられた挙句(あげく)、暗殺までされそうになった。命からがら逃げ延びたが、そのまま脱藩を余儀なくされた。

その後、京・大坂で軍学を教えたりしていたが、三年前に斬られた古傷を治すため有馬(ありま)温泉に滞在したときに、天一坊と知り合ったのだった。

――よくぞ、出会わせてくれた。

山内は初めて神に感謝したほどである。

「世のなかにおぬしほど気楽な人間がいるものか。懐が寂しくなったら、賭場に来て、出目を読めばいいのだからな」

と、児島は言った。

「まあな」

山内は苦笑した。賽に出目などがあると、本気で信じているのだから呆れてしまう。

じつは、この賭場の胴元である喜三次(きさんじ)は、山内の子どものころからの友人なのだった。

三

山内伊賀亮は、深川の仙台堀に近い筑前福岡藩の蔵屋敷に生まれ育った。

ここは、国許との船便や船荷を管理する小さな藩邸だったため、詰めている藩士も少なく、山内が子どものころは、学問では優秀と言われていたが、遊ぶときはほとんど深川の町人の子といっしょだった。

なかでも親しかったのは、同じ剣術道場に通っていた喜三次だった。

しかも、十代半ばのころは、二人とも素行が荒れた。ともに喧嘩騒ぎを起こし、ともに永代寺周辺の悪所に通った。

喜三次の父親は渡り中間をしていたが、早くに亡くなった。喜三次も一度は大名屋敷で働いていたが、長つづきせず、やくざの道に入った。するとまさに天職だったらしく、たちまちマムシを首に巻いた狼みたいに恐れられるようになった。

山内のほうは、いちおう父の跡を継いで、蔵屋敷に勤務したが、喜三次との仲はつづいていた。

その後、藩を離れ、紆余曲折あって天一坊と知り合ったあと、一度、一人で江戸にもどった。

そのとき、根津界隈でいい顔になっていた喜三次と再会し、喜三次が仕切る賭場にお城の茶坊主が来ていると知ったときから、天一坊についての計略が動き出した。喜三次からは、面白い話じゃないか、ぜひ仲間に加えてほしいと言われたし、多くは出せないが軍資金を提供したいとの申し出もあったのである。

「だが、上さまも老いたなあ。近頃はかなりお疲れのご様子だ」

と、茶坊主の児島曹純は言った。

「老いた？　まだ四十半ばだろうが」

山内は首をかしげた。

「いや、ご嫡男の家重さまのことがご心配だし、次男の宗武さまが聡明であるだけに、いろいろ面倒ごともあるわけさ」

「内紛か」

「そういうこと。家重さまが頼りないから、宗武さまを支援する方も出て来るのさ」

「なるほどな」

今日もいい話を聞いた。宗武派がいれば、必ずそれをよく思わない派もいる。そこが天一坊を担ぎあげるうえで、助けとなってくれるかもしれない。

「さて、そろそろ引き上げるか」

児島曹純は肩を回しながら言った。

「明日も来るのか？」

「いや、明日からまた二日は勤務だよ」

二日勤務して、一日休む。じつは、お城勤めは楽なものなのである。なまじ暇があるから、博奕好きはこうして深みに嵌まる。児島の勝ち負けなど、山内と喜三次の思惑でどうにでもなるということに、まったく気づいていない。

児島の後ろ姿を見送って、山内はつぶやいた。

「城がどんなに強固に造られていても、出入りするのは人間だ。人間くらい脆いものはない」

児島曹純が増田屋から出て行くと、それをほかの部屋で見ていたらしい喜三次がやって来て、

「野郎、機嫌は直してたかい？」

と、山内伊賀亮に訊いた。

「ああ。負け分は取り返したからな」

「それでも、あいつは今月だけでも五十両（約四百万円）近く負けてるんだぜ」

「破産しないから凄いな」

「まったく、茶坊主てえのは、どんだけ実入りがあるんだろうな」

「いやあ、そろそろ大名へのおねだりも度を越してきているはずだな。歯止めをかけないと、まずいことになる。あいつには、まだ茶坊主頭でいてもらわないとな」

山内は苦々（にがにが）しい口調で言った。

「そうだな。だったら、しばらくは勝ったり負けたりをつづけさせるか」

「そうしてくれ」

喜三次は、賭場の隣の部屋の隅に膳を二つ用意させた。久しぶりに酒を酌（く）み交

わそというのだ。

「二人で飲むのは久しぶりだ」

喜三次は嬉しそうに言った。

「そうだな」

小僧と言われていた時分から、どれほど二人で酒を飲んできたことか。酒屋の蔵から盗み出した酒。岡場所の女郎（じょろう）にねだった酒。飲み屋のおやじにいちゃもんつけては代（だい）を踏み倒した酒……。

二人は江戸の闇の底を見ながら育ってきた。そこで人となりと友情を形成してきたのだ。江戸という武都の闇。それは京とも大坂とも違う独特の闇で、そこには威張り腐った上のほうの武士たちに対する反抗心が、闇につきものの黒い色のように濃く漂っていた。

「どうだい？　うまくいってるのかい？」

うまそうに飲みながら、喜三次は訊いた。

「ああ。ほぼ計略通りに進んでるよ」

「おれにも、もっと手伝わせてくれよ。やくざの抗争よりははるかに面白いぜ」

「そうかね」

「ああ。やくざなんかしょせん、おれと同じ、だらしねえはぐれ者だ。しかし侍は権力を握っている。おれは昔から侍が気に入らなかったんだ」

「おれだって侍だぞ」

「あんたは下っ端だろうが。おれが言ってるのは、たいした智恵も度胸もねえくせに威張りくさっている殿さまだの上さまだののことさ」

「まあ、焦るな」

山内は苦笑して言った。

じつは、二代目板鼻検校（いたはなけんぎょう）の突然の死も、山内の計略、喜三次のしわざだった。茶坊主の児島曹純をたらし込み、吉宗がひどい肩凝りに悩んでいて、熱海の湯と、板鼻検校の揉み治療がなかったら、かなりひどいことになるという話を聞いた。

熱海の湯というのは、天一坊の湯の神信仰ともからむので、計略に取り入れやすかった。また、山内が仲間に引き入れた者の多くが山伏であり、温泉にも通じている。

面倒なのは板鼻検校のほうだった。それで元来器用な上野銀内に、天一坊の揉み治療の技を学ばせ、板鼻検校の替わりにすることにした。

児島によると、板鼻検校は食道楽であり、日本橋の料亭にしばしば出入りしているという。その玄関口で、喜三次と子分が喧嘩騒ぎを演じ、間違ったふりをして検校を刺し殺したのである。

三羽の燕が通り過ぎたみたいな、アッという間のできごとだった。しかし、逃げる用意は万端整えておいたから、手がかり一つ残さず、町方はいまだに下手人を見つけられずにいる。

「二代目の板鼻検校も、せっかくあそこまで這い上がったのにな」

と、山内伊賀亮は言った。

「殺そうと言ったのは、あんたじゃないか」

「そうさ。あいつがいたら、替わりを送り込むことはできないのだからな。しかも、二代目はろくなやつじゃなかったから、こっちも後ろめたさは覚えずに済んだしな」

「ずいぶん良心があるんだな」

喜三次はからかうように言った。

「それはそうだ。天一坊さまの進む道をあまり穢したくはない」

山内は、目に光を宿して言った。

「やはり天一坊を信じてるのかい？」

「もちろんだ。あの方に接したら、これはやはり只者ではないと、誰だって思うさ」

「だが、証拠に乏しい」

「それはそうなのだが……」

天一坊が吉宗の隠し子だとする証拠の品は、母が若き吉宗からもらったという羽織の片袖である。天一坊は、いまも持ちつづけている。

正式に訴えて出るときは、それを証拠の品として差し出すことになるだろう。

ただ、葵の御紋入りの片袖というのは、決定的な証拠とはなり得ない。なんとなれば、あのころの吉宗は、なにかというと羽織の片袖をばらまいていたからである。

吉宗の若気の至りであった。まさか自分が紀州藩主に、さらには将軍になるとは夢にも思っていなかったのだ。ろくに政もさせてもらえぬ、飾りの田舎大名がせいぜいというくらいの自覚だったから、羽織の片袖も自棄気味の大盤振る舞いで配って回ったのだ。

だから、紀州の田舎に行くと、あちこちで羽織の片袖が見つかるし、なかには「どうせ贋物だ」と失くした者までいるらしい。だから、それでは完璧な証拠にはなり得ない。

どうやら、もう一つ、天一坊の母は吉宗から子どもは我が子という証拠として、葵の御紋入りの短刀も頂戴したらしい。その短刀は、なぜか紛失していた。

短刀さえあれば……。

山内もこんな計略など実行せずに済んだはずである。堂々と、将軍吉宗の子だと訴えて出ればいいだけだった。

もっとも、そうであれば、山内の活躍の場もなかったわけであるが……。

第十章　まさか上さまが

一

「おい、三太。余計なことはするな。まずは、高さと揺れに慣れるのが肝心だぞ」

い組の丈次が、空を見上げて怒鳴った。

「わ、わかりました」

返事の声は、古池に年寄りが飛び込んで立ったさざ波のように、恐怖で震えている。

丈次とあかふんの三太は、町内の火の見櫓のわきで、梯子乗りの稽古をしているのだった。

梯子乗りは、正月の火消しの出初式で披露される芸当である。

いろは四十七組の制度が始まったときから、この梯子乗りはおこなわれたが、起源はもっと前だと言われている。

大勢が手に汗を握って見守るなか、梯子のてっぺんで、さまざまな動きをしてみせる。

ときには、あわやという場面も演出する。

下で見ていた若い娘たちが、

「きゃあ！」

と、悲鳴を上げる。

演者は千両役者の快感を味わうことができる。

い組で梯子に乗るのは、もちろん丈次である。初めて乗ってから、すでに五年が経つ。

嫁をもらうまではこの役を降りるつもりはないが、後継者は育てておかなければならない。火消しはいつ、なにがあるか、わからないのだ。

「兄貴。後継者はぜひともおいらに」

と、熱烈に希望していたのが三太で、丈次も熱意に負け、後継者の一人にした。本当はどうにも頼りなくて、だいぶ迷ったのであるが……。

今日はその、最初の稽古だった。

「どうだ、空の上の気分は？」

丈次は、上に向かって訊いた。

「い、いやあ、高いのは覚悟してましたが、ゆ、揺れも凄（すご）いですね」

「そうだろう。これなんか稽古用で、がっちり固定してあるが、本番は人が鳶口（とびぐち）で支えるだけだからな。もっと揺れるぜ」

じっさい、いざやってみると、高さよりも揺れることのほうが大変なのだ。

「そ、そうなんですかい」

三太は、梯子にしがみつくようにしている。用心のため、腰縄（こしなわ）をつけさせておいたのは正解だった。

「これくらいは、どうってことねえだろう」

丈次は梯子に手をかけ、揺すってやる。

「あ、兄貴。やめてくれ。も、洩（も）れそうだ」

すでに泣き声になっている。

「おい、洩らすんじゃねえぞ！」

丈次は逃げる用意をしながら言った。小便の雨は浴びたくない。

「お、降りてもいいですかい？　我慢できねえ！」

「わかった。降りて来い」

三太は慌てたように梯子を降りて来て、

「兄貴、すみません」

と、情けなさそうに詫びた。

「ま、最初はそんなもんだよ」

丈次は慰めてやる。本当はもうちょっとやれると期待していたが。

「やっぱりそうですか。安心しましたよ」

「それより、洩れそうなんだろ？」

「降りたら治まりました」

「なんだよ」

丈次は苦笑し、今度は自分が登り始めた。

じつは、三太の稽古どころではない。丈次は、新しい技を開発しなければならないのだ。

この数年、火消しの組同士の競い合いが激化していて、梯子乗りもどこが一番だの二番だのと噂されるようになっている。

とくに、日本橋のろ組、芝のめ組、浅草のち組といったあたりが、「い組には負けねえ」と吹聴し出していて、そうなるといろは四十七組の筆頭としては、負けるわけにはいかない。

だが、近ごろはさまざまな技が編み出され、新しい技を考案するのは容易なことではない。

――さて、どうしたものか？

梯子のてっぺんまで登って来た丈次は、次々にいままでの技を試してみる。

〈唐傘〉と呼ばれる技がある。てっぺんで片足立ちになり、両手を傘のように広げてみせるのだ。これは、身体の均衡を失えば、真っ逆さまに墜落する危険な技である。

「うわっ」

丈次は足を滑らせた。

墜落か、と思いきや、ちゃんと摑まっていた。

これは〈肝つぶし〉と呼ばれる技。

さらに、てっぺんで仰向けに横になり、手足をばたばたさせる〈背亀〉などという技もある。これは子どもに喜ばれるので、丈次も危険を顧みず、ついついやってしまう。

――まだ、誰もやってねえ技となると……。

丈次は、てっぺんでトンボを切ったら、皆、魂消るだろうと考えた。

梯子のてっぺんに立ち、後ろにのけぞるように一回転。見ている者は、さぞや仰天するだろう。

地上ではやれる。だが、これを梯子のてっぺんでやるとなると、容易なことではない。

――稽古してみるか。

とはいえ、いきなりここではやれない。低い梯子を用意して、しばらくそこで試すのだ。

新技の着想を得たので、そろそろ降りるかと思ったら、下で三太が女と話をしているではないか。

女はなんと、桃子姐さんである。いい女というのは、錦鯉みたいに真上から見てもいい女だった。

「三太さんも梯子乗りをなさるの？」

と、桃子が訊いている。

「ええ。あっしは兄貴の後継者に決まっているもんでして」

三太はぬけぬけと言った。さっきのざまを見せてやりたかった。

「まあ、大変ね」

「なあに、高いところは慣れてますから」

「それにしたって命懸けでしょ？」

「そりゃあそうですが、桃子姐さんの仕事だって、大変でしょうよ」

「あたしなんかいくら大変でも、命懸けなんてところまではいかないもの」

「いいえ、そんなことはないでしょ」

「どうして？」

「だって、桃子姐さんほどの美人の芸者だと、命懸けで惚れるお客だって出てくるでしょうよ。そういうやつは、下手に振ろうものなら、危険な目に遭いかねませんぜ」

「まあ、よくわかるのね」

桃子はじっさい、そうした経験もあるらしく、肩をすくめるようにした。

それにしても、三太のやつは口がうまい。相手を褒めながら、話は逸らさない。火消しや鳶の技も、あれくらい巧妙ならたいしたものなんだが。

「むふっ」

咳払いを一つして、丈次はとんとんと梯子を降りた。

「あら、丈次さん。邪魔してすみませんね」

桃子は笑顔で詫びた。芸者特有の媚びではない。取れ立ての野菜のような、素朴な人の良さが感じられた。

「なあに、どうってこたあねえ」

すると三太が、

「兄貴。ちょうどいい。三人で、そこらで茶でも飲みましょうよ」

と、調子よく誘った。

三太のようにうまく女を誘うことができたら、さぞやもてるだろうと丈次は思うのだが、なぜか三太はもてない。

丈次のほうも、火事の現場や出初式などで、町内の娘たちにきゃあきゃあ騒がれるわりには、意外にもてていない。

三太曰く、

「兄貴は、娘っ子に愛想悪過ぎ」

なんだそうだ。

そんなこと言われても、若い女を前にすると、どうにも照れてしまうのだ。

「おれはかまわねえが、姐さんは？」

丈次は桃子と目を合わさないで訊いた。

「大丈夫ですよ。ちょうど喉が渇いちゃってて」

桃子は少し頬を赤くしたように見えた。

水茶屋は、お濠沿いの道に出てすぐのところにあった。ここには十六、七の可愛い娘が働いていて、三太はしょっちゅう来ているらしい。

お濠の向こうは、土手に松の木が植えられ、大名屋敷からも大木の枝がはみ出ていて、まるで山でも眺めているみたいに清々しい。

広々としたあたりを吹く風は、さらっとして、水茶屋に備えつけの団扇も要らないほどである。

腰を下ろすとすぐ、

「桃子姐さん。さっきの話のつづきですが、どうやら男に惚れられて、困っているみたいじゃねえですか？」

と、三太が桃子に訊いた。

「そうなんだけど、それが変な話なの」

「変な話って？」

「どうしようかしら。ただの気のせいかもしれないし」

「気のせいとわかれば安心だ。まずは話してみることですよ。ねえ、兄貴？」

「そりゃそうだ」

丈次は重々しくうなずいた。ここは、頼りになる男だと思われたい。

ところが、そのときである。

「あ、いたいた。丈次兄ぃ！」

頭の家に住み込んでいる若い火消しが、駆け寄って来た。

「捜しましたよ、兄ぃ」

「どうかしたのか？」

若い者の顔つきからは、いい用事なのか、よくない用事なのか、まったく見当がつかない。

二

「兄ぃを訪ねて、大勢、頭の家に来てるんです」

火消しの若い者は言った。

「大勢？」

「お役人だの、名主だの、町役人だの」

「なんだ、そりゃ？」

「兄ぃ、なんかやらかしました？」

咄嗟に近ごろの行状を思い起こしてみる。

何日か前、近所の口の悪い年寄りを相手に将棋を指して、わずか二十二手で打ち負かしてやった。あれは、敬老の心がなかったと責められても仕方がないが、役人にまで叱られるほどのことか。

あるいは、日本橋室町の大きな仏具屋の女将さんが飼っている狆が、鯛しか食べないと言っていたので、女将さんの隙を窺い、カエルの干した肉を食べさせてみた。すると、喜んで食べるではないか。女将さんが、狆の口からカエルの足が出ているのを見て悲鳴を上げたので、丈次はしらばくれて逃げて来た。もしかして、あれがばれたのか。

「おれは、なにもしてねえよ」

丈次はちらりと桃子を見て言った。

桃子も心配そうにしている。

「とにかく、頭のところへ来てください」

「わかったよ」

三太と桃子を水茶屋に残したまま、丈次は頭の湊屋喜左衛門の家に向かった。

「ただいま、もどりました」

丈次が玄関を入ると、

「お、来ました、来ました。この男が、い組の纏持ちをしている丈次です」

頭が、座敷に座って待っていた人たちに言った。

大勢の人間がいた。だが、近所の口の悪い年寄りも、室町の仏具屋の女将もいない。見覚えがあるのは町役人くらいで、ほかの武士や町人も、まるで知らない。

「どうも、あっしが丈次です」

丈次は、頭のわきに座って、客に頭を下げた。いったいなんの用か、不安である。

「この通り、見た目が示すように、気っ風がよくて、爽やかな心根の男ですぜ。あっしが女なら、どうあっても嫁にしてもらいてえくれえです」

頭は気味の悪いことを言った。

「いったい、どうしたんです？」

丈次は客を見回して訊いた。

「うむ。そのほう、評定所の前の箱に、上さまへの訴状を投函したな？」

いちばん年嵩の武士が訊いた。

「ああ、はい」

「それで、そのほうの人となりについて、いろいろと訊ねたい」

「そういうことでしたか。どうぞ、何なりと」

「生国はいずこだ？」

「紀州です」

丈次は答えるとすぐ、脳裏に紀州の山中の光景が甦った。


広大な紀州の山林――。

行けども行けども、山また山である。行けば行くほど、山は増えるのである。

やがて、ただごとではない静謐と、重苦しいくらいの荘厳さに包まれる。そこは、人よりも神々の住まいにふさわしい。じっさい、多くの寺社や霊廟が点在していた。

深く厳かであるだけに、当然ながら豊かである。紀州の山々が生み出す良質の杉や檜は、神社仏閣や大名屋敷などを建立する際、欠かせないものとなっている。また、紀州のウバメガシを炭にしたものは、備長炭として、料理屋などで珍重されている。

そうした木々が作り出す空気の、濃くて、かつ爽やかなこと！　深呼吸すると感じる空気のうまさ！

丈次は思い出しただけで、うっとりした。

「そのほう、紀州生まれなのか？」

武士の声が踊った。

「はあ」

「生まれも育ちもか？」

「育ちもたぶん紀州」

丈次は心許ない返事をした。

「なんだ、それは？」

「木から木へ、天狗のように渡りながら、育ちました。こっちの山からあっちの山へ。山に国境などありません。いまいるところが伊勢なのか、あるいは大和なのか、はたまた天領か、そんなことも考えず、動き回っていましたから」

「なるほど」

武士はその答えに納得し、さらに訊いた。

「その紀州生まれのそのほうが、なにゆえに江戸へ出て参った？」

「じつは……あっしのおやじは山仕事をしているとき、雷を受け、木から落ちて死にました。それからまもなく母親も寝つきまして、いまわの際にこんなことを言いました。お前も山仕事をしていると、いつかきっと雷に打たれるだろう。どんなに木登りがうまくても、どんなに山の自然がわかっていても、雷ばかりは避けようがない。あたしが死んだら、山仕事は止めて、江戸に行けと」

丈次は切々と家族の歴史を物語った。

「なるほど。だが、なぜ江戸なのだ？　紀州であれば大坂や京のほうが近いではないか？」

「それは、母親が江戸に憧れを持っていたのでしょうね。なにせ日本一の町ですから」

じつは、ほかにも語ったことがある。

だが、それは話したくない。

「江戸へ出て来たのはいくつのときだ？」

武士はまだ訊いた。

「いまから十年以上前、十七のときです」

そう言って、丈次は初めて見た江戸に圧倒されたときのことを思い出した。

川に架かった橋の長いこと。

あれは永代橋だった。しかも、その下を行き過ぎる舟の数の多いこと。

日本橋周辺の人の多さ。さらに、その人の群れが醸し出す不思議な熱気の凄まじさ。

紀州の山奥では感じたことのないものだった。

だが、そこに身をひたせば、新たな希望のようなものが湧き上がるのも感じられた。

——おれは、山で蓄えた力を、江戸の人のなかで発揮しよう……。

そう思ったものだった。

「それからすぐ、火消しに？」

「いえ、最初は勝手がわかる材木屋に行き、深川の木場で働いていました。それで、一年くらいしたときに……」

丈次がそこまで言うと、

「そこからあとのことは、すべてあっしがわかってますのでおまかせを」

と、頭が引き継ぎ、

「ちょうど丈次が日本橋に遊びに来たとき、駿河町の越後屋の一部が火事になりまして。離れに住んでいたご隠居さんが本宅の二階に来ていて、逃げ遅れてしまいました。手前が燃えて梯子もかけられねえ。するとそのとき、この丈次が向こうの屋根からとんとんと渡って来ると、燃え盛る二階に入り、ご隠居さんを背負うってえと、また屋根伝いにとんとんと。そのようすときたら、子猿を背負った山猿」

「おっと」

と、丈次の身体が揺れた。山猿はない。せめて天狗くらいに言ってもらいたい。

「あっしはすっかり惚れ込んで、給金を三倍にしてやるから、うちで働けと。あっしのところは、屋根葺きが商売で、火消しの頭もしている。こいつは、仕事の腕も気っ風も申し分ねえ。すぐに若頭に抜擢いたしやした」

頭はそこまで言って胸を張った。

「なるほど。そのほうの訴状の裏に、妙な考えなどないことは、よくわかったぞ」

「では、将軍さまが湯屋に？」

丈次は驚いて訊いた。

「え？　将軍さまが湯屋に？」

同じことを頭も訊いた。

頭は訴状の文面を見ていない。丈次は相談なしに、目安箱へ投函していたのだ。

「うむ。丈次が出した訴状というのはこれでな」

武士はその訴状を頭にも見せた。

「へえ。こんなことを訴えていましたか。いや、あっしも同感でございますよ。湯屋の仕事はほんとに大変なんですから」

頭は丈次をかばうように言った。

「うむ。上さまもこの訴えには真実味を感じられたご様子でな」

「では？」

「上さまが？」

頭と丈次が同時に訊いた。

「いや、上さまが直接、巷の湯屋にお入りになるなどということは、あるわけがない」

「ですよねえ」

と、頭は納得し、

「そうですかい」

と、丈次は落胆した。

将軍が巷の湯屋に入ってなにが悪いのか。民の暮らしぶりがあんなによくわかるところはない。自分が将軍だったら、三日に一度は湯屋に顔を出す。

「そのかわり、上さまの信頼が厚いご家来が、そっとその湯屋を訪ねて、あるじの働きぶりなどをつぶさに検分し、上さまにご報告申し上げることになるであろうな」

「なるほど」

「ご家来がねえ」

「むろん、そのご家来も、そっとお忍びで訪れるはずだから、そなたたちはなにも知らないままとなるだろう」

「そりゃあ残念ですな」

と、頭は言った。

「残念？」

「いえ、せっかくお出でになるなら、天ぷらそばだの豆大福だの巷のうまいものを召し上がっていただこうかと思いましたが」

「心遣いは嬉しいが、仕事だからな」

「いや、ご無理は申し上げません」

「それで、丈次の通う湯屋はどこか聞いておきたいのだが？」

丈次が答えようとしたが、

「へえ。そこの一石橋（いっこくばし）のたもとにあります富士乃湯（ふじのゆ）という湯屋でございます」

と、先に頭が答えた。

「あいわかった。また、なにか気づいたことがあれば、訴状を書くがよい」

要件はこれで済んだらしい。

三

火消しの頭の家を出て、

「丈次と申す者、なかなかよき若者であったな」

と言ったのは、老中で〈おとぼけ〉の綽名がある安藤信友だった。吉宗の命で、老中自らが丈次の話を確かめに来たのである。

「わたしもそう思いました」

と言ったのは、〈ケチ〉の綽名がある勘定奉行の稲生正武だった。直接話すのは安藤にまかせ、稲生はもっぱら丈次の顔つきやふるまいを観察していたのだった。

「紀州の生まれというのも何かの縁かもしれぬ」

「そうですな」

「だが、上さまがじきじきに湯屋を検分なさるというのは、やはりお止めせねばなるまい」

「もちろんです。ただ、あの上さまのこと。一度言い出されたらお聞きにならないところがありますぞ」

「そうよのお。とりあえず、その富士乃湯とやらを見ておくか」

「そういたしましょう」

安藤と稲生は、ここで名主や町役人などは引き取らせ、自らの家来たちを連れて、富士乃湯へと向かった。

「そこかな」

竹の棒に矢をつがえた弓がぶら下がっている。

これが江戸の湯屋の看板なのだ。「弓射る」と「湯に入る」が洒落(しゃれ)になっているという、江戸っ子らしい機知(きち)であった。

のれんには〈富士乃湯〉と書いてある。

「なるほど一石橋のすぐ近くじゃのう」

安藤は周囲を見回して言った。

「ここならば、なにか不祥事があっても、常盤橋御門からでも呉服橋御門からでも、上さまをすぐに城内へお連れすることができますな」

「稲生はもうそのつもりか？」

「いや、まあ、上さまのご気性ですと」

「わしは最後まで断固反対するぞ」

安藤はきっぱりと言った。

それから、家来を富士乃湯のなかへ送り込み、湯に浸からせてみた。

「さっと入るだけでよい」

と言ったのに、家来はつい手足を伸ばしてきたらしく、艶々と頬を光らせて外に現われた。

「どうであった？」

「なかなかいい湯でございました。湯舟も広く、ゆったりした気分で浸かることができました」

「それは、まずいな。広い湯だと報告すれば、上さまのことだから、お入りになりたいとおっしゃるだろうな」

と、安藤は言った。

「では、湯屋の湯舟は狭いと報告いたしますか？」

稲生が訊いた。

「いや、上さまは嘘の報告というのをひどく嫌がられる。ここは正直に申し上げよう」

安藤は覚悟したように言った。

おとぼけ安藤とケチの稲生の報告を聞き、

「やはり、真摯（しんし）な訴えであったか。であれば、わしも真摯に応じてやるべきだろうな」

と、吉宗は言った。

同行はできなかったが、ほめ殺しの水野忠之（みずのただゆき）は、

「その者、紀州の生まれであるなら、上さまに親しみを感じ、訴えに及んだのか

もしれませんな」

と、言った。

「そうかもしれぬ。では、一度、富士乃湯とやらに入ってみるか」

吉宗は、遠くを見るような目で言った。

「本気でございますか？」

安藤が訊いた。

「当たり前だ」

「では、当日は人払いにして、貸し切りのうえでお入りいただきましょう」

と、安藤は提案した。

わきで稲生が呆れた顔をした。最後まで断固反対するという決意は、いつ消えたのか。

「それではじっさいのようすがわかるまい」

「ですが、上さまの警護のことを思うと」

「江戸を出るわけではない。城から一歩出たあたりなのであろう」

「それはそうなのでございますが」

「びくびくするでない」

吉宗はぴしゃりと言った。

「ご身分はどうされます？」

と、水野が訊いた。将軍が江戸の湯屋に入るとなれば、大騒ぎになること必定である。

「偽ればよいではないか」

「ですが、上さまの威厳と気品はどうあってもにじみ出てしまうと思われます」

ほめ殺しの水野らしい言葉である。

「そんなものは気のせいだ。旗本あたりの隠居ということでよかろう」

「旗本の隠居でございますか」

「どうせ、裸だ」

「ほかの町人どもといっしょに入ることになりますが？」

「当たり前だ」

「なんと、まあ……」

水野、安藤、稲生の三人は、互いに顔を見合わせた。予想はしていても、さすがに不安がこみ上げてきたらしい。

だが、吉宗は三人の不安など気にもせず、

「巷の湯屋か。楽しみじゃのう」

早くも湯に浸かったように、唄うような声で言った。

（つづく）

初出
本書は、二〇一九年二月から二〇二〇年十一月にわたって『河北新報』『新潟日報』『中国新聞』『福島民友新聞』『大分合同新聞』など各紙に順次掲載された作品を加筆修正したものです。

この物語はフィクションです。

著者紹介
風野真知雄（かぜの　まちお）
1951年、福島県生まれ。立教大学法学部卒業。93年、「黒牛と妖怪」で第17回歴史文学賞を受賞し、デビュー。2002年、第１回北東文芸賞、15年、「耳袋秘帖」シリーズで第４回歴史時代作家クラブ賞・シリーズ賞、『沙羅沙羅越え』で第21回中山義秀文学賞を受賞。著書に、「わるじい慈剣帖」「新・大江戸定年組」「味見方同心」シリーズ、『お龍のいない夜』など。

ＰＨＰ文芸文庫　いい湯じゃのう(一)
お庭番とくノ一

2022年１月20日　第１版第１刷
2022年４月６日　第１版第４刷

著　者　風野真知雄
発行者　永田貴之
発行所　株式会社ＰＨＰ研究所
東京本部　〒135-8137 江東区豊洲5-6-52
第三制作部　☎03-3520-9620(編集)
普及部　☎03-3520-9630(販売)
京都本部　〒601-8411 京都市南区西九条北ノ内町11
PHP INTERFACE　https://www.php.co.jp/
組　版　朝日メディアインターナショナル株式会社
印刷所　大日本印刷株式会社
製本所　株式会社大進堂

ISBN978-4-569-90185-5

PHP文芸文庫

鯖猫長屋ふしぎ草紙（一）〜（九）

田牧大和 著

事件を解決するのは、鯖猫!? わけありな人たちがいっぱいの「鯖猫長屋」で、不可思議な出来事が……。大江戸謎解き人情ばなし。

桜ほうさら（上・下）

宮部みゆき 著

父の汚名を晴らすため江戸に住む笙之介の前に、桜の精のような少女が現れ……。人生のせつなさ、長屋の人々の温かさが心に沁みる物語。

PHP文芸文庫

戦国の女たち

司馬遼太郎・傑作短篇選

司馬遼太郎 著

北政所や細川ガラシャら歴史に名を残した女性から歴史に埋もれた女性まで……司馬遼太郎は戦国の女たちをどう描いたか。珠玉の短篇小説集。